衛斯理小說典藏版 13

仙境

衛斯理
親自演繹衛斯理
《仙境》

新之又新的序言，最新的

衛斯理小說從第一次出版至今，歷時已近半世紀，總共出了多少正版，還能計得清，若是連盜版一起算，那就算找外星人來算，也算勿清楚哉！不知能不能也算世界記錄。

算得清好，算勿清也好，能幾十年來不斷出新版，說明不斷有讀者加入，對作者來說，沒有更值得高興的事了，謝謝所有喜歡衛斯理的人，謝謝謝謝。

倪匡

二〇二〇年六月四日　香港

幾句話

寫了四十多年小說，論者將拙作分為三個時期：早、中、晚。在明窗出版的一批，屬於早期和中期的上半。三個時期的創作風格有相當程度的不同，所以風評不一。本人並無偏愛，但讀友對早期的作品，頗有好評，大抵是由於在早、中期作品之中，主要人物精力充沛，活力無窮，所以使故事曲折多變，小說也就格外吸引。明窗出版社此次重新出版這批作品，正好讓大家來證明這一點。

四十餘年來，新舊讀友不絕，若因此而能有新讀友，不亦快哉！

二〇〇五年十一月六日

序言

《仙境》這個故事，是一個悲劇故事，比鏡花水月更悲劇，因為滿山谷的寶石，是真實的存在，可是到了那山谷，一不小心，人就會變成怪物，而且是逐步變化，恐怖莫名。

這故事的背景相當特別，男主角多情的很，一對新婚夫婦的悲慘遭遇，也很令人同情，是不是藉很多的悲劇性遭遇，表示了人類追求仙境的虛幻呢？連自己也說不上來。

另一個收在這本書中的《奇玉》，是一個推理形式的故事，故事本身並不特別，但最後的結局，卻相當有趣。人性貪婪，暴露無遺。

忽然想起了：

「人心比萬物都詭詐，壞到極處，誰能識透呢？」

——耶利米書第十七章第九節

誰能識透壞到極處的人心？

衛斯理

目錄

仙境

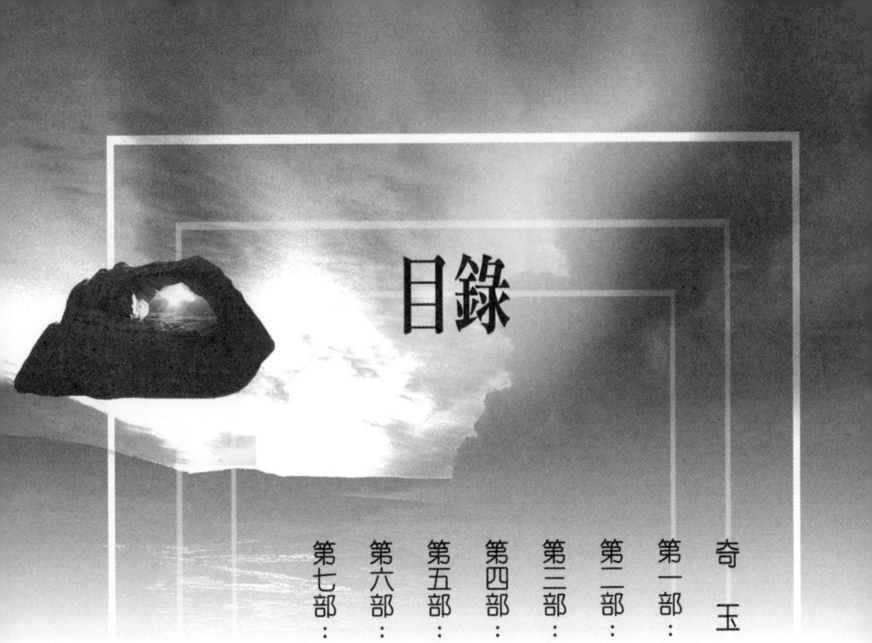

目錄

仙境

第一部

一幅奇特的油畫

天突然冷了下來，接近攝氏兩度。皮膚對寒冷的感覺，就是以這個溫度最敏感，街頭上看到的人，雖然穿著很臃腫，但是都有着瑟縮之感。

我從一個朋友的事務所中出來，辦公室中開着暖氣，使人有一種昏昏沉沉的感覺，出來給寒風一吹，反倒清醒了不少，我順着海邊的道路走着，風吹在臉上，感到一陣陣的刺痛。

我將大衣領翻高，臉也偏向另一邊，所以我看到了那幅油畫。

那幅畫放在一家古董店中，那家古董店，是市中很著名的一家，規模很大，不但售賣中國古董，也賣外國古董，唯一的缺點，就是東西擺得太凌亂，據說，那也是一種心理學，去買古董的人，人人都以為自己有幸運可以廉價買進一件稀世奇珍，所以古董店商人才將貨品隨便亂放，好讓客人以為店主對貨品，並沒有詳細審視過，增加發現稀世奇珍的機會。

但事實上，每一件貨品，都經過專家的估價，只要是好東西，定價一定不會便宜。

那幅將我的視線吸引過去的油畫，隨便地放在牆角，它的一半，被一隻老大的銅鼓遮着，另一邊，則是一副很大的銅燭台。

所以，我只能看到那幅油畫的中間部分，大約只有三尺高、四尺寬的一段。

然而，雖然只是那一段，也已經將我吸引住了，我看到的，是一個滿佈着鐘乳石的山洞，陽光自另一邊透進來，映得一邊的鐘乳石，閃閃生光，幻出各種奇妙的色彩，美麗之極。

就那一部分來看，這幅油畫的設色、筆觸，全屬一流，油彩在畫布上表現出來的那種如夢幻似絢爛繽紛的色彩，決不是庸手能做得到的。

我站在櫥窗之外，呆呆地看了一會，心中已下了決定，我要買這幅畫。

我對於西洋畫是門外漢，除了叫得出幾個中學生也知道的大畫家名字之外，一無所知，但我還是決定要去買這幅畫，因為它的色彩實在太誘人了。

我繞過街角，推開玻璃門，走了進去。

古董店中的生意很冷落，我才走進去，一位漂亮的小姐便向我走了過來。

古董店而僱用時裝模特兒般美麗的售貨員，這實在是很可笑的事，或許這是店主人的另一種招徠術吧！

那漂亮的小姐給了我一個十分動人的微笑：「先生，想要什麼？」

我知道古董店的壞習慣，當你專門要來買一件東西的時候，這件東西的價格，就會突然高了起來，所以我也報以一個微笑：「隨便看看。」

我得到的回答是：「歡迎之至。」

於是，我開始東張張西望望，碰碰這個，摸摸那個，每當我對一件東西假裝留意的時候，那位漂亮的小姐就不厭其煩地替我解釋那些古董的來歷：這是十字軍東征時的戰矛，那是拜占庭時代的戰鼓；這件麼，我們也不知道它的來歷，先生你有眼光買去，可能是稀世珍品。這個印加古國的圖騰，用來作為客廳的裝飾最好了。

一直到我來到了那幅畫的前面，我站定了身子。

從近處來看，那幅油畫上的色彩，更具有一種魔幻似的吸引力，我移開了銅鼓和燭台，整幅畫，畫的是一個山洞。

那山洞的洞口十分狹窄，在右上方，陽光就從那上面射下來，洞口似乎積着皚皚的白雪，山洞深處十分陰暗，但是在最深處，又有一種昏黃色的光芒，好像是另有通道。

當我站在那幅畫前，凝視着那幅畫的時候，彷彿像是已經置身在這個山洞之中一樣，那實在是很奇妙難言的感覺，我看了很久，這一次，那位漂亮的小姐，卻破例沒有作什麼介紹。

我看了足有三分鐘之久，知道我神情上已無法掩飾對這幅畫的喜悅，任何有經驗的售貨員，都可以在我的神情上，看出我渴望佔有這幅畫，我剛才的一番造作，算是白費了。

那不能怪我沉不住氣，而是這幅畫實在太逗人喜愛了。

我終於指着這幅畫問道：「這是什麼人的作品？」

那位小姐現出一個抱歉的微笑：「這幅畫並沒有簽名，我們請過很多專家來鑒定過，都無法斷定是誰的作品，但那毫無疑問是一流的好畫。」

「是的，」我點着頭：「它的定價是多少？」

那位小姐的笑容之中，歉意更甚：「先生，如果你要買它的話，那你只好失望了。」

「為什麼？」我立時揚起了眉：「這幅畫是非賣品？」

那位小姐忙道：「當然不是非賣品，兩天之前，有位先生也看中這幅畫，已買下它了。」

我的心中不禁十分惱怒，這種惱怒，自然是因為失望而來的，我的聲音也提高了不少：「既然已經賣了，為什麼還放在這裏？」

大約是我的聲音太高了，是以一個男人走了出來，那是一個猶太人，可能是古董店主，他操着流利的本地話：「這位先生，有什麼不滿意？」那位小姐道：「這位先生要買這幅畫，可是我們兩天前已賣出去了。」

我悻然道：「既然已賣出去了，就不應該放在這裏！」

那猶太人陪着笑：「是這樣的，這幅畫的定價相當高，兩天前來的那位先生，放下了十分之一的訂金，他說他需要去籌錢，三天之內，一定來取。」

我忙道：「我可以出更高價錢。」

那猶太人道：「可是，我們已經收了訂金啊！」

「那也不要緊，依商場的慣例，訂金可以雙倍退還的，退還的訂金，由我負責好了，這幅畫的原來訂價，是多少錢？」

猶太人道：「兩萬元，先生。」

「我給你兩萬五，再加上四千元退訂金，我可以馬上叫人送現鈔來。」

我望着那猶太人，我知道那猶太人一定肯的，世界上沒有一個猶太商人，肯捨棄多賺錢的機會，而去守勞什子的信用的。

那猶太人伸手托了托他的金絲邊眼鏡，遲疑地道：「先生，你為什麼肯出高價來買這幅畫？老實說，我們無法判斷得出那是什麼時代和哪一位大師的作品。」

「我不管他是什麼時代的作品，我喜歡這幅畫的色彩，它或許一文不值，你別以為我是發現了什麼珍藏。」

猶太人的神色，十分尷尬，他忙道：「好的，但必須是現鈔。」

「當然，我要打一個電話。」

「請，電話在那邊。」那位漂亮的小姐將我引到了電話之前。

我打了一個電話給我進出口公司的經理，要他立即送兩萬九千元現鈔，到這家古董店來。我的公司離這家古董店相當近，我估計，只要五分鐘，他就可以到達了。

在那五分鐘之間，那猶太人對我十分殷勤，用名貴的雪茄煙招待着我，讓我坐在一張路易十六時代的古董椅子上。

五分鐘後，公司的經理來了。

經理是和一個滿面虬髯、穿著一件粗絨大衣的印度人一起走進來的。那印度人的身形十分高大，經理在走進來時，幾乎被他擠得進不了門。

結果，還是那印度人先衝了進來。

那印度人一進來，猶太人和那位漂亮小姐的臉上，都有一種不自然的神情。我還未曾明白究竟是發生了什麼事，那印度人已從大衣袋中，取出了一個牛皮紙信封來，那信封脹鼓鼓地，顯然是塞了不少東西。

他將那信封「啪」地一聲，放在桌上：「這裏是一萬八千元，你數一數。」

他話一說完，便立時向那幅油畫走去。

在那一剎間，我完全明白是怎麼一回事了。

那印度人，就是在兩天前，付了訂金要買那幅油畫的人，現在，他帶了錢，來取畫了。

我心中不禁暗罵了一聲，事情實在太湊巧了，如果我早三分鐘決定，取了那幅畫走，那就什麼都不關我的事了。

這時，經理已經走到了我的身邊，我立時道：「我的錢已經來了。」我知道，我只要說一句話就夠了，那猶太人一定會將那印度人打發走的。

果然，猶太人立時叫道：「先生，慢一慢，你不能取走這幅畫。」

印度人呆了一呆：「為什麼，這信封裏是一萬八千元，再加上訂金，就是你要的價錢。」

猶太人狡猾地笑着：「可是這幅畫……已經另外有人要了，這位先生出兩萬五千元！」

印度人怒吼了起來，他揮着拳頭，他的手指極粗，指節骨也很大，一望便知，他是一個粗人，他大聲道：「我是付了訂金的。」

「我可以加倍退還給你。」猶太人鎮定地說：「如果你一定要這幅畫，你可以出更高的價錢。」

印度人罵了一句極其粗俗難聽的話：「這算什麼？這裏是拍賣行？我不管，這幅畫是我的！」

他一手提起了那幅畫來，那幅畫足有三尺高，七尺長，他一提了起來，就將之挾在脅下，可見得他的氣力，十分驚人。

可是，就在他提起畫的那一剎間，猶太人也拿起了電話：「如果你拿走這畫，我立即報警！」

印度人呆了一呆，他仍然挾着那幅畫，向我走了過來，在我身邊的經理，看見巨無霸一樣的印度人向前走了過來，不由自主地向後退了兩步。

那時候，我多少有點歉然的感覺。因為從那印度人的情形來看，他不像是一個經濟寬裕的人，不然，他就不必費兩天的時間來籌那筆款項。

而他仍然去籌了那筆錢來，可見他對這幅畫，確然有過人的愛好，那麼，我這時是在奪人所好了。

所以，儘管我十分喜歡這幅畫，我也準備放棄，不想再要它了。

可是，我的心中剛一決定了這一點，那印度人的一句話，卻使我改變了主意，那印度人來到了我的面前，竟然出口罵人道：「豬玀，你對這幅畫，知道些什麼？」

一聽得他出口傷人，我不禁無名火起，我冷冷地道：「我不必知道這幅畫，只要知道我有兩萬九千元就行了，豬玀，你有麼？」

那印度人揮着他老大的拳頭，他的拳頭已經伸到了離我的鼻子只有幾寸時，我揚起手來，中指「啪」地彈出，正好彈在他手臂的一條麻筋之上。那印度人的身子陡地一震，向後退了開去，他仍然緊握着拳，但是看來，他已放棄了向我動手的意圖，他大聲道：「你不能要這幅畫，這是我的！」

如果他不是上來就聲勢洶洶，而講這樣的話，那麼我一定不會與他再爭執。可是，我也不是脾氣好的人，我已經決定要懲戒那印度人的粗魯，而我懲戒他的方法，便是讓他得不到那幅畫。

我冷笑着：「那是店主人的畫，他喜歡將畫賣給誰，那是他的事。」

印度人轉過身去，吼叫道：「再給我三天時間，他出了多少，我加倍給你。」

猶太人眨着眼，我出他兩萬五千元，如果加倍付給他，那便是五萬元了。這幅油畫，雖然有着驚心動魄，夢幻也似的色彩，但是，它並不是一幅有來歷的名畫，老實說，無論如何值不到五萬元那樣高價的。

這時，我的心中不禁有些疑惑起來。要就是這個印度人的神經有些不正常，要就是這幅畫中，有着什麼獨特的值錢之處，不然，以他要花三天時間，才能籌到另外的三萬元而言，為什麼他一定要這幅畫？

猶太人一聽印度人那樣說，立時表現出極大的興趣來，他剛才還在拿起電話，裝模作樣要報警，趕那印度人出去的。

但這時，他卻滿面堆下笑來：「先生，你不是在開玩笑吧！」

「當然不是，這裏是兩萬元，那是訂金，三天之內，我再帶三萬元來取畫，過期不來，訂金沒收！」印度人一面說着，一面又惡狠狠地望着我。

在這時候，我不禁笑了起來，我雖然好勝，但是卻絕不幼稚。

如果這時候，我再出高過五萬元的價格，去搶買這幅畫的話，那我就變成幼稚了。而且，我看到那印度人滿額青筋暴綻的樣子，分明他很希望得到那幅畫，這種神情，倒很使人同情。

是以，當他向我望來之際，我只是向他笑了笑：「朋友，你要再去籌三萬元，不是一件容易的事吧！」

印度人的額上，又冒出了汗來，天那麼冷，他的額上居然在冒汗，可知道他心情的緊張，已到了何等地步，他道：「那不關你的事。」

我道：「如果你肯為你剛才的粗言而道歉的話，那麼，我可以放棄購買這幅畫。」

印度人瞪大了眼：「我剛才說了一些什麼？」

「你口出惡言罵我！」

印度人苦笑了起來：「先生，我是粗人，而且，我一聽到說你以更高的價錢買了那幅畫，我心中發起急來，得罪了你，請你原諒我。」

他那幾句話，講得倒是十分誠懇，我本來還想問他，為什麼要以那麼高的價錢去買這幅畫的，但是我轉念一想，他那樣做，一定有他的理由，他未必肯告訴我，若是我問了他不說，那豈不是自討沒趣？

是以，我站了起來：「算了，你既然已道歉，那麼，我不和你競爭了，你仍然可以以兩萬元的價格，買這幅畫。」

這一來，那猶太店主即發起急來，他忙道：「先生，你為什麼不要了？唉，你說要的啊！」

我笑着：「剛才你似乎對這位先生的五萬元更感興趣，所以我不要了。」

我一面說，一面已向門外走去，當我和經理一起來到古董店門口的時候，一陣寒風，撲面吹來，令得我陡地呆了一呆，縮了縮頭。

就在那時，那印度人也挾着畫，從古董店走了出來，印度人直到了我的身邊，道：「先生，你有兩萬九千元，是不是？」

我怔了一怔，印度人的這個問題，實在是來得太突兀了，我有兩萬九千元，和他有什麼關係？除非他知道我身邊有巨額的現鈔，想來搶劫，如果他那樣想的話，那他就大錯而特錯了。

我凝視着他，印度人大約也知道自己的問題太古怪，是以他忙道：「先生，我的意思是，你有錢，而且你又喜歡這幅畫，那麼，我們或者可以合作，不知道你是不是有興趣？」

我不禁奇怪了起來：「合作什麼？」

印度人道：「這件事，如果你肯合作的話，我們不妨找一個地方，詳細談一談。」

我仍然望着那印度人，心中奇怪，他想和我合作些什麼，反正我是一個有着太多的空閒時間，沒有事找事做的人，和他去談談，也不會損失什麼。所以我只考慮了極短的時間，就道：「好的，離這裏不遠，有一家印度俱樂部，地方也很清靜，我們到那裏去坐坐怎麼樣？」

「好！好！」印度人滿口答應着。

我請經理先回去，那印度人仍然挾着那一大幅油畫，我和他一起走過了一條馬路，走進了一幢大廈，我所說的那俱樂部，就在大廈的頂樓。

我和他一起走進電梯，那幅油畫十分大，要斜放着才能放進電梯中。電梯到了頂樓，我和他一起走出來，來到了俱樂部的門口。

門口一個印度守門人，忽然對我雙手合十，行了一個禮，我不禁感到突兀，因為我來這裏不止一次，從來也沒有人向我行禮。

在我一呆之際，我隨即發現，那守門人並不是在向我行禮，而是向我身後的那印度人。

那印度人卻大模大樣，連頭也不點一點，像是根本未曾看到守門人在向他行禮一樣，就走了進去。

那時候，我的心中已經十分疑惑，而愈當我向前走去時，我的疑惑便愈甚。

因為俱樂部中每一個職員，都向我身後的印度人行禮，我向一個職員道：「請給我一間房間，我和這位先生有話商談。」

那職員連聲答應着，將我們帶到了一個自成一角的小客廳之中，躬身退了出去。

那印度人直到此時，才放下了那幅油畫，他的手臂一定已挾得很酸了，是以他揮着手，道：「好重！」

我好奇地望着他：「看來，你好像是一個地位很高的人。」

印度人苦笑了起來，他並不回答我的問題，只是指着那幅畫：「先生，你為什麼也要買這幅畫，我可以聽聽你的理由麼？」

我道：「我已說過了，我喜歡它夢幻也似的顏色，我一看就喜歡它了。」

那印度人望了我半晌，從他的神情看來，他起初好像不願相信我的話。然而我知道，他終於相信了。

他道：「是的，這幅畫的色調真不錯。」

我立時反問道：「那麼，你為什麼一定要買這幅畫呢？有什麼特殊的原因在？」

那印度人坐了下來，雙手托着頭，發了一會怔，才道：「我們要討論的就是這一點了，先生，你對畫中的那山洞有興趣麼？」

我不禁皺了皺眉，因為一時之間，我難以明白他那樣說，究竟是什麼意思。

我道：「這是一幅寫生畫？世上真有一個那樣的山洞？那是真的？」

印度人道：「是，那是真的，如果我有三萬元，我想，我就可以到這山洞中去。」

我完全不明白他那樣說是什麼意思，花三萬元買一幅畫，和花三萬元，到畫中的地方去一次，那是截然不同的兩件事。

可是那印度人卻將這截然不同的兩件事，混為一談，這不是太奇特了麼？

我望着那印度人，一時之間，不知該如何回答才好，那印度人卻忽然跳了起來，向前衝去，衝到了放在牆邊的那幅畫前。

我只好說他是「衝」過去的，因為他決不是走去，他衝到了畫前，指着畫中，陽光射進來的地方：「看，這裏是入口處，從這裏進來，經過整個山洞——」

他一面說，一面手指在畫上移動着，指向畫的另一邊，陰暗而只有微弱光線的部分。

他仍然在說着：「通過山洞之後，那裏是另一個極狹窄的出口，走過那出口，朋友，我們就可以到達仙境，那是真正的仙境！」

他講到這裏，現出了一種不可抑制的興奮狀態來，手舞足蹈，滿面紅光，面上現出一種中了邪一樣的神氣，重複着道：「那是真正的仙境！」

他突然轉過身來，盯緊了我：「明白了麼？有三萬元，我們就可以去。」

在那剎那間，我除了感到奇怪之外，還感到好笑：「我們為什麼要到仙境去？」

印度人突然「哈哈」笑了起來，像是我的問題十分好笑一樣。

他笑了很久，才重複着我的問題：「我們為什麼要到仙境去？朋友，在仙境中，地上全是各種寶石，整座山都是黃金的，鑽石長在樹上，在河底的不是石塊，而是寶玉！」

我坐了下來，那印度人愈說愈是高興：「在仙境中，全是人世界沒有的東西，我們只要隨便帶一點出來，全世界的富翁，就會出最高的價錢，向我們購買，朋友，仙境之中——」

聽到這裏，我的興趣完全消失，而且，老實說，我還感到反胃。

世上有很多財迷心竅的人，做着各種可以發財的夢，這印度人，顯然就是其中之一。

我冷冷地道：「聽來你好像已到過這仙境。」

我想，我只要那樣一問的話，那印度人一定答不上來，會很窘。那麼，我就可以狠狠地數落他一番，然後，拂袖而去，從此再也不要見到像他那樣，一天到晚迷信自己已掌握到了什麼寶藏的人。

但是，我卻料錯了，我那帶有譏諷性的問題才一出口，印度人便立時壓低了聲音。由於他將聲音，壓得如此之低，是以他的話，聽來有着一股異樣的神秘意味，他道：「是的，我去過。」

我不禁呆了一呆，他去過那仙境，這倒真是出乎意料之外的事。

但是，我卻只是呆了極短的時間，接着，我便「哈哈」大笑了起來，我笑得幾乎連眼淚都出來了。

印度人帶着一種了解和略帶憤怒的神情望着我，我笑了好久：「你去過仙境？」

印度人還一本正經地點着頭。

我立時指着他：「那樣說來，你一定已經有很多來自仙境的寶物了，可是看你的情形，你的全身上下，卻一點寶氣也沒有。」

印度人憤怒了起來，大聲道：「說了半天，原來你根本不相信？」

我立時道：「當然不相信，為什麼我要相信？」

印度人的雙手，緊緊地握着拳，搖晃着，看樣子，他像是要打我。

打架我雖然不喜歡，但卻也絕不怕，是以當印度人搖拳頭的時候，我只是冷冷地望着他。

印度人搖了一會拳頭，沒有向我打過來，他反倒嘆了一聲，神情十分沮喪：「是的，你沒有理由相信我，我想，世上也沒有什麼人會相信那是真的，除了我之外，只有她才知道那是真的，但是，她雖然留下了那幅畫，但她卻死了！」

印度人說話的聲音，愈來愈低，說到後來，他突然改用了一種印度北部的土語。

印度是世界上語言最複雜的國家，印度有三千多種各種不同的方言，其間的差別之大，遠在無錫話和潮州話之上，世上沒有人可以完全懂得印度所有的方言。

我也聽不懂他用那種方言，他在喃喃自語，講了一些什麼，但是他用英語所說的那些話，卻引起了我的興趣，因為他提及，那幅畫是一個女性所畫的。

我問道：「這幅油畫是一個女人畫的？她已經死了？她是誰？」

印度人抬起頭來，看了我半晌，在他的雙眼之中，現出深切的悲哀來。

然後，他在身上取出一本破舊的日記簿，打開日記簿，又取出了一張折疊的白紙，他將那張白紙，打開了來，那是一張大約一尺見方的白紙，紙上用鉛筆畫着一幅速寫像。

那是一個印度少女的頭像，畫這幅速寫像的人，自然是第一流的藝術家，筆觸雖然簡單，但是卻極其傳神，那是一個十分美麗的印度少女。

我望了片刻，他又小心地將紙摺了起來道：「她是我的妻子，可惜她死了。」

我也嘆息着：「真可惜。」

第二部

土王總管的蜜月旅行

他道：「她和我一起到過仙境。宮中有很多畫師，她一直跟着畫師學畫，她很聰明，所以她出來之後，就畫下了這一個山洞，和真的一樣。」

這時，我真的感到迷惑了！

因為那印度人提到了「宮中」，而且，又提及那山洞，這使人不明白他究竟在說些什麼。

我決定將事情從頭至尾，弄一個清楚，是以我道：「你究竟是什麼人？」

印度人道：「我是巴哈瓦蒲耳，遮龐土王王宮的總管，這個身分，在印度是很特殊的，雖然現在印度政府已削去了土王的特權，但我仍然受到尊敬。」

對於他受到尊敬的這一點，那毫無疑問。

那印度人又道：「我的全名很長，但是你可以叫我德拉，那是我名字的簡稱，我的妻子，我們都稱她為黛，她是宮中的侍女。」

我還沒有繼續發問，德拉便又道：「你一定會奇怪，像我這樣身分的人，為什麼會來到這裏，而且變得如此之潦倒？」

我道：「是的，我正想問你。」

德拉道：「遮龐土王不服政府的法令，政府下令軍隊進攻他的領地，那是一場可怕的戰爭，但是外國人卻完全不知道有這樣的戰事。遮龐土王失敗了，他放火焚燒自己的宮殿，燒死了他自己。」

我很關心那印度少女，因為她的那種神態，實在惹人憐愛。

我又問道：「你的未婚妻也是死在這場戰事中的？」

「不是，」德拉搖首道。

他嘆息了一聲，接着道：「她早已死了，在她死後不久，戰爭就發生，當宮殿起火的時候，我只來得及帶了她畫的這幅畫逃了出來，這幅畫的體積很大，我只好在逃出土王的領地之後，將之寄放在一個熟人家裏，他是一個海員，卻不料他將我這幅畫賣了，直到幾天前，我才發現了這幅畫，所以我一定要將它買下來。」

對於德拉這個人的身分和遭遇，我總算大致上已弄明白了。

而有許多事，也是不問可知的，在遮龐土王失敗之後，德拉自然到處過着流浪的生活，他一直在極困難的環境中過日子，他能活到現在，可能還是仗着他那個王宮總管的身分。

但是我不明白的事，是關於那仙境。

這時，我對德拉的觀感，多少有點改變，因為他既然有着那樣的身分，而且，印度又是一個光怪陸離得使人無法想像的古老國家，遮龐土王所在的地方，又是世人還不知道的空白地區。

在那樣的地方，有一些稀奇古怪的事發生，倒也並不是不可能的事。

我想了片刻，問道：「那麼，關於你到過那仙境的事，這是怎麼一回事？」

德拉嘆了一聲，閉上了眼睛：「那是很久很久以前的事了，那一年，我只有十九歲，王宮總管的職位，是世襲的，我十六歲就當了總管，十九歲那年，遮龐土王將宮中最美麗的侍女黛，賞給我做妻子，她那一年，才只有十五歲。」

德拉講到這裏，才睜開眼來。

他又道：「十五歲的女孩子就成為人家的妻子，在印度以外的人，是很難想像的，但是在印度，那卻是很普通的事。」

為了不想他的敘述，時時中斷，我道：「我很明白這一點，你不必特別解釋。」

德拉又道：「在婚後，我們又得到三個月的假期，和十頭大象的賞賜，在這三個月中，我們可以隨便到土王的領地中任何一處地方遊玩，我們帶着象往北走，我們都想到山中去。」

德拉略頓了一頓：「我們可以望到的山，所有的人都稱之為大山，那就是喜馬拉雅山。」

我用心地聽着，因為德拉的話，愈聽愈不像是在胡說八道了。

德拉又道：「我們從小在宮中長大，宮中有許多老人，講述過大山中的種種傳奇故事給我們聽，所以我們對大山十分嚮往，一有了機會，我們都想到大山中去，只有我們兩個人，度過那一段快樂的時光。」

「我們一直向北走，一路上，所有見到我們的人，都全心全意款待我們，他們都很窮，但是他們卻將最好的食物給我們。黛是一個十分善良的人，她好幾次看到那些人窮困的情形，都哭了起來，我們走了十多天，才來到山腳下，大山看來很近，但是走起來卻遠得很。」

「我們自宮中帶了很多必需品出來，所以我們毫不困難，便在山中找到了一個溫泉，我們在溫泉的旁邊搭了營，每天在白雪和掛滿了冰柱的山縫中追逐嬉戲，過着神仙一樣的日子，直到有一天——」

德拉講到這裏，頓了一頓。

我並沒有說什麼，只是等着他說下去。

他並沒有停了多久，便道：「那一天，我們走得太遠了，等到滿山的積雪，全都被晚霞映得一片金紅之際，我們找不到回來的路途了。愈是急，愈是找不到路，天色迅速黑了下來，我們總算從一個狹窄的山縫中擠了進去，那是一個山洞。」

我忍不住道：「就是畫上的那山洞？」

德拉點着頭：「就是那山洞，但當時天色早已黑了，我們也看不到什麼，山洞中比較暖一些，但也很冷，我們相擁着，幾乎一夜未曾入睡，等到陽光射進山洞中時，我們都呆住了，我們看到從來也未曾看到過的奇幻色彩，先生，黛在這幅畫上表現出來的，實在不足十分之一！」

我靜靜聽着：「你所指的仙境，就是這個奇妙的山洞？」

「不是，當時，我們一見到那樣奇妙的山洞，寒冷和疲倦全消失了，我們一起向山洞深處走去，在那裏——」

德拉講到這裏，起身將那幅油畫，移動了一下，指看油畫中陰暗的那一角道：「就從這裏走進去，那是一條狹窄得只好側着身子通過的山縫，我們擠了進去，當我們擠出這山縫時，我們兩人，都整個呆住了！」

「你們到了仙境？」我問。

德拉的呼吸，突然變得急促起來：「是的，我們到了仙境，那真是不可想像的，那真正是不可想像的事。」

德拉揮着手，我猜想，他在敍述的，一定是二十多年之前的事了，但是看他這時的神情，仍然這樣如癡如幻，如果我仍然認定他所說的一切全是謊言，那顯然是一種很不公平的判斷。

我忙道：「你慢慢地説，不要緊張。」

事實上，我的勸説，一點用也沒有，我看到他的手指在發着抖：「那是仙境，真的仙境，在陽光之下，我們看到的是無數的寶石、鑽石，遮龐土王的財產驚人，但是他的藏寶，與之比較起來，只是，什麼也不是。」

德拉講到這裏，雙手揮舞得更快：「當時，我在鑽石上打滾，每一顆鑽石，都有雞蛋那麼大，紅寶石的光芒，映得我們的全身都是紅的，還有一種閃着奇異的像雲一樣光彩變幻的寶石，那麼多寶石，除了仙境之外，在其他任何地方，都是見不到的。」

當德拉講到這裏，他的雙眼之中，更現出了一種魔幻也似的神采。

我也聽得出了神，因為寶石自古以來，就是最吸引人，最能震撼人心的東西。人和寶石之間的關係，幾乎是心靈相通的。

寶石，在科學的觀點來看，當然是沒有生命的東西，但是，寶石有一種特殊的吸引人的力量，自古以來，有好多著名的寶石，甚至被認為有超人的力量：幸運的或是邪惡的力量。

所以，當德拉在敍述着他曾到達過一處地方，那地方有着這麼多寶石之際，那實在是很引人入勝的事。

他突然停了下來，我也沒有出聲，我們之間，靜默了好一會。

然後，德拉的神智，顯然已回復了正常，他的語調，也不像剛才那樣激動了，他道：「別以為我是沒有見過寶石的人，所以才會大驚小怪。」

我搖頭道：「我並沒有那樣以為，事實上，印度土王對於各種各樣的寶石，蒐藏之豐富，舉世聞名。」

德拉道：「我已經説過，遮龐土王的藏寶十分多，每年兩次，我都參加寶藏的檢查工作，我已經可以説是見過許多許多寶石的人了，但是在仙境中的寶石，唉，我不知該如何形容才好！」

我問道：「那麼，你有沒有帶一些出來？」

「若是依着我，」德拉苦笑着：「那一定滿載而歸，但是黛卻説，那是神仙所有的東西，人不能擁有那麼好的寶石，我用種種話勸説她，但是她一定不讓我取，一顆也不許。」

「你真的沒有取？」

「是的，沒有，因為我深愛着黛，我不會做黛不喜歡的事，那些寶石雖然可愛，但即使全部加在一起，也及不上黛，你明白麼？」

想不到這個粗魯的印度人，對於愛情的真諦，竟有如此透徹的認識。

我道：「你這樣想法倒很對，那麼，現在你又為什麼念念不忘那些寶石呢？」

德拉悲哀地道：「現在，黛已經死了啊！」

由於德拉的聲音，那樣充滿了悲哀，是以我也不由自主，嘆了一口氣：「你還未曾講完，後來，你們怎麼樣？」

德拉道：「我們欣賞着那些寶石。那些寶石，實在令人如癡如醉，足足盤桓了半天，我們陶醉在寶石在陽光下各種色彩的變幻之中，然後，在黛的一再敦促之下，我們才離開。」

德拉的聲音愈來愈低沉：「在歸途中，她一直感到不舒服，等我們回到土王的宮中時，黛病倒了，她病了三個月，就死了。」

德拉雙手掩住了臉，好一會，才又道：「她是在病中畫成那幅畫的，在她死後不久，戰事就發生了，我也離開了遮龐，一直在外面流浪。」

德拉總算講完了他的故事。

我望了他半晌：「你的意思是，如果我們有足夠的旅費的話，還可以再回到那地方去？」

「是的，」德拉的手有些發抖：「我們可以到達那仙境，然後，我們是全世界最富有的人。」

我道：「你可以一個人去，為什麼不？」

德拉的答案，卻是出乎我意料之外的，他道：「因為我害怕。」

我呆了一呆，他續道：「我和黛一起到了仙境，黛在一離開後，就感到了不舒服，接着她就病倒了，而且，不論用什麼方法都醫不好，是神仙對我和她誤闖仙境的一種懲罰。」

我立時道：「如果真有懲罰，那麼，神仙的懲罰，應該加在你的身上，因為你想將寶石帶出來。黛既然竭力阻止了你，為什麼神仙還罰她？」

德拉道：「我不明白，我一直不明白何以神仙不懲罰我，但是我卻不敢一個人再到那地方去。」

我又問他：「那麼，你選擇一個完全陌生的異國人，來談及這件事，並且和他一起到那仙境去，你不認為這件事太突兀了麼？」

德拉瞪大了眼睛：「我從來也未曾想到過這一點，你……你不是也喜歡黛的畫麼？我以為，你是一定肯和我一起去的。」

對於德拉未曾想到人家會感到突兀這一點，我倒也是有理由相信他的。因為我和他相識的時間雖然不多，卻也可以知道他是一個粗魯、率直的人。

我考慮了一會：「這事情我還要想一想，和家人商量一下。」

卻不料德拉一聽到我的話，精神突然緊張了起來，他伸手按住了我的手臂：「不能，你不能對任何人說起有關仙境的事。」

我看到他那麼緊張，不禁又是好氣，又是好笑：「什麼？你認為我會不對妻子說一聲，就和你一起到喜馬拉雅山去？」

德拉縮回手來，搖着頭：「你不能說，絕不能說，如果你認為不能去，那就不要去好了。」

我望了他半晌，他說得那麼認真，這證明他剛才所說的，有關「仙境」的一切，可能是真的。我如果要不給白素知道目的，離開家三兩個月，大約沒有問題，但是我卻絕沒有必要那樣做。

印度人所說的那個「仙境」，究竟虛無縹緲，不見得真有那樣一個地方。可能那只是高山積雪中的一種反光作用，一種幻覺。

所以，我站起身來：「既然那樣，那麼就算了，謝謝你告訴了我地球上有那麼奇妙的地方，我不會對任何人提起這件事的。」

德拉望着我，我已準備離去，德拉忙道：「等一等，我甚至不知道你的姓名。」

我將我的名字，告訴了他，並且告訴了我公司的電話，請他有事找我的話，可以找這個電話和我聯絡。然後，我就獨自離去。

當我走出那幢大廈門口的時候，寒風依然十分凜冽，我貼着街邊走着，在走過一家珠寶公司的時候，我不由自主，停了下來。

珠寶公司的櫥窗中，陳列着很多名貴寶石，但在我對寶石的知識而言，那些還都不算是第一流的上乘寶石，我呆立着，想着德拉的故事。

德拉所說的那地方，是地圖上的空白，即使像德拉那樣，當地的土著，也不會經常有機會深入喜馬拉雅山的。

在深邃、高聳的喜馬拉雅山中，包涵着亙古以來，未為人知的神秘。那麼，在這神秘的高山中，是不是會有德拉所說的那樣一個仙境呢？

我在珠寶公司門口，站立了很久，才繼續向前走去。

我又走進了一家書店，在書店中買了很多有關喜馬拉雅山的書籍。

當我回家，開始一本又一本地閱讀那些書籍之際，我才知道自己對於喜馬拉雅山的知識，實在太少了。有一本記載在喜馬拉雅山中搜索「雪人」的書中，記載說探險隊在山中，沒有找到「雪人」，但是卻發現了幾個「隱士」。

那些「隱士」，連他們自己也不知道在山中多久了，他們只是坐在山洞中冥想，從他們的生活環境來看，他們實在是無法生存的。

但他們毫無疑問是活人，而且還將活下去。

另一本由英國探險隊寫成的書，記載着尼泊爾北面，山谷中的一座寺院，由兩個西藏高僧主持，探險隊中，沒有人能夠明白這座寺院是如何建成的，他們每人只帶着二十公斤的裝備，尚且幾經困難，才到達這個深谷，但是那座寺院的樑木，直徑卻在一英尺以上，是什麼辦法把這樣大的木頭運進來的？

自然，寺院中的僧侶，完全過着與世隔絕的生活，寺院中保存的黃金之多，令人吃驚，整座佛像，全是黃金鑄成，而且還鑲滿了寶石！更有一本書，記載着西藏人能夠在看來完全不可能的情形下，翻過山脊，他們有自己的行走路線，那種行走路線，飛機也探測不出。

當我深夜時分，還在閱讀那些書籍的時候，我的腦子之中，已充滿了各種奇怪的幻想。

我直看到清晨時分才睡覺，做了一夜怪夢，第二天睡至下午才起來。

當我可以開始我一天的活動時，幾乎已是傍晚時分了，我好幾次想將那印度人德拉對我講的事講給白素聽，但是為了遵守我的諾言，我卻沒有說出口來。

白素卻看出了我心神不定的情形，她似笑非笑地望着我：「心中有事，瞞着人，我看很痛苦呢！」

我給她說中了心病，不禁有點尷尬：「有一個印度人，講了一個古怪的故事給我聽，可是他卻又不許我講給別人聽。」

白素伸手拍着額：「印度人？我倒忘了，公司打了兩次電話來，說有一個印度人找你。」

我忙道：「那一定就是那古怪印度人了，他的名字叫德拉，他——」

白素不等我說下去，便阻止了我：「你既然答應過人家不說，還是不要說的好，那印度人留下了一個地址，你要不要去找他？」

白素轉過身，將壓在電話下的一個小紙片，交到了我的手中。

第三部

深入大山

我看到那小紙片的地址，那是一座廟，一座印度教的小廟宇。我略想了一想，道：「這件事實在很怪異，我想去看看他。」

白素微笑着：「去吧，何必望着我？我什麼時候阻止過你的行動了？」

我在她的臉頰上吻了一下，轉身出了門，當我駕着車，來到了那座小廟宇之前的一條巷子口，那條巷子窄得車子根本無法駛進去。

我才停好車，就有一大群印度孩子叫嚷着，湧了上來。印度實在是一個奇異的國家，這個國家中的人，要就是富有得難以想像，要就是赤貧，似乎沒有中間階層的，那一大群在寒風中還赤腳的印度孩子用好奇的眼光望着我，我不理會他們，向前走去。

當我穿過了那條巷子之際，我看到兩個印度老人坐在牆下，我走到他們的身前：「我是來見德拉的，德拉約我在這裏見面。」

那兩個印度老人，本來只是懶洋洋地坐着，一副天塌下來也不理會的神氣，可是一聽到我說出了德拉的名字，他們立時站了起來：「德拉在廟中。」

他們自動在前帶着路，我跟着他們，走進了廟中，只見廟中有不少人在膜拜，光線黑暗得驚人，那些舊得發黑的神像，在那樣的黑暗中，看來更有一股異樣的神秘之感，我從一扇很狹窄的門中，走了進去，穿過了一條走廊，來到了一間小房間中。

德拉在那房間中，他坐在地上，一看到了我，立時跳了起來：「你來了，你居然肯來，我太高興了！」

我笑着：「為什麼你以為我會不來？你講的故事，很具吸引力。」

德拉將那兩個印度老人趕了出去，鄭而重之地關上了門，他的神情很緊張：「你對我的提議，考慮過沒有？你是不是願意和我一起去？」

我回答得很痛快：「我願意和你一起去，但是，我必須將事實的真相，至少告訴我的妻子，不然，我可以替你保守秘密，但我也不會到那麼遙遠的地方去。」

德拉來回地踱着，我道：「或許你對我的妻子不了解，或許你還不知道我是什麼樣的一個人，我可以簡單地和你說一說。」

德拉頻頻點着頭，顯然他也急於知道他的合伙人是怎樣的一個人。

我雖然只是「簡單地說一說」，但是也花了不少時間，我將我生平遇到幾件怪異莫名的事，對德拉講了一遍，其中大多數事件，白素都是參與其中的。

德拉是一個很好的聽眾，當我在敍述那些事的時候，他一聲不出，只是用心地聽。

等到我講完，他才道：「行了，我相信這是我的運氣，碰到了像你那樣的人，如果你妻子有興趣的話，我想可以邀她一起去。」

我笑了起來，這是我意料之中的事，我知道德拉在聽到了我的話之後，一定會有那樣反應，我道：「那倒不必了，我們只要讓她知道我們是去做什麼就夠，我看，你得先去見她。」

德拉立時答應：「好的，我先去見她，我要將仙境和黛的事告訴她，還有，我要將黛畫的那幅畫送給你的妻子。」

我道：「那不必了，這幅畫你是用高價買來的，算是我向你買的好了。」

不料我的話，卻令得德拉突然之間，憤怒了起來，他嚷叫道：「黛的畫是無價寶，我要將它送人，你出再多錢，我也不賣。」

我自然不會和德拉在這樣的事情上吵下去的，是以我只是聳了聳肩，沒有再說什麼，德拉在那小房間的一角中，挾起了那幅畫來，我們一起離開了那座廟宇。

等到我和德拉一起來到我家中的時候，天色已經黑了，我們度過了一個很愉快的晚上，德拉向白素講述了黛的事情，而白素不斷讚嘆着那幅奇妙的畫。

德拉直到午夜時分才離去，我們已約好了明天再見面，立時去辦旅行的手續。

等德拉走了之後，我才問白素：「你認為他所說的一切可靠麼？」

白素想了一想：「我認為他不是一個富有想像力的人，很難平空想出這樣的事來。」

我又問：「那麼，你是認為在那荒僻的山中，真有着那樣一個仙境？」

白素笑道：「那並不算是什麼奇怪的事情，我們人類對於自己所居住了幾十萬年的地球，所知實在是太少了，是不是？」

我無話可答，白素的話很有道理，人類不但對於其他天體的知識貧乏得可憐，對於自己所居住的地球，也一樣所知極少，隨便舉一個例子，長江和黃河是世界著名的河流，但我們曾經以為我們知道長江和黃河的源頭，是在可可稀立山。實際上我們知道多少？如果說這就是「知」了，可以說一無所知！

我點着頭：「好的，那我一定要和德拉到達那地方，我會揀其中最美麗的一塊寶石，帶回來給你。」

白素蹙着眉，呆了片刻：「你最好不要想着那些寶石，就當它是一次神奇的旅行就是。」

我「哈哈」大笑：「不是為了寶石，誰願意那麼遠到喜馬拉雅山去？」

白素沒有和我再爭執下去，她只是道：「寶石不過是色彩艷麗的石塊而已，你去證明真有那樣的一個地方，才是重要的。」

我明白白素的意思。

白素的意思是，如果我純粹是為了財富而到那麼遠的地方去，那是不值得的。

所以我點頭道：「我明白了，我不會那麼傻的。」

白素笑了起來，當晚，我繼續看着有關喜馬拉雅山的書籍。接下來的三天，我和德拉，都忙着辦理一切手續，我的手續比較容易，但是德拉卻比較麻煩，因為他顯然不是受印度政府歡迎的人物。

第四天中午，我和德拉一起上了飛機。

旅途中的一切，沒有什麼值得記述，還是跳過去的好，這一跳，得跳過二十二天。

我們在到了原來屬於遮龐土王統治的地區之後，一切就進行得很順利了。

雖然土王早已死了，土王的勢力已經不存在，但是德拉還是很有辦法，他弄到了十頭大象，和應用的東西。那一天黃昏，我們到了遮龐土王原來的宮殿之前。

宮殿已經不存在了，只剩下一片廢墟，但即使只是一片廢墟，也可以看出昔年這座宮殿的豪華，一根一根高聳的石柱，在晚霞的照映之下，泛出一片灰紅色的光芒，有一股極度的蒼涼之感。

德拉站在廢墟之前，神情十分難過。

可以想像得到，他的心情一定不會好過的，他親身經歷過土王宮殿中的繁華，但是現在，土王的宮殿，卻只剩下殘垣斷壁，那實在不是一件令人高興的事。

德拉站了很久，當晚，我們並沒有離開宮殿的廢墟，而只是在廢墟之中，找到了一個差堪的棲身之處，燃起了篝火，過了一夜。

第二天，我們帶着象群出發，向北走。

一路上，德拉只是不斷地在説着，當年他和他的新婚妻子，曾在什麼地方停過，在什麼地方歇過腳，他的情緒，顯得很不穩定。

例如他經過一株大樹，那株大樹是他們兩人以前經過時在樹下乘過涼，他就會唏噓一番，甚至抱住了樹幹號啕大哭。

開始的時候，我總還勸一勸他，可是到了後來，我也懶得去勸他了，因為我感到他的情緒，在發泄之後會變得更好一些。一連走了幾天，離白雪皚皚的高山，漸漸近了，村落也愈來愈稀少。

那一眼望過去，綿亙無際的高山，就是喜馬拉雅山。喜馬拉雅山只是一個統稱，山中有上千個峰，上萬個谷，絕大多數是從來也沒有人到過的，也根本沒有正式的名稱。

德拉指着一個個高聳的山峰，告訴着我當地人對這些山峰的稱呼，當地土語是一種音節極多，而且相重複的語言，我實在無法記得那麼多。

到了第八天晚上，我們搭起營帳來過夜的時候，離高山已經極近了，估計只有一天的旅程。

那天晚上，我們在營帳前升起了火，德拉坐在火堆前，他顯得很沉默。

我望了他好久，他仍然沒有開口，這不免使我覺得十分奇怪，我道：「你今天為什麼不講話？」

我問了幾次，他都沒有回答我，我想，那大約是就快到山中了，他一定是在想念着黛的緣故。可是過了半晌，他忽然抬起了頭來。

我發現他的臉很紅，或許那是由於燈光照映的緣故，他期期艾艾對我道：「有一件事，我一直瞞着你，未曾告訴你。」

我不禁呆了一呆：「什麼事？」

德拉道：「當年，我……我們……」

我看到德拉那種吞吞吐吐的樣子，心中立時生出了一種被欺騙的感覺，我大聲喝道：「究竟你有什麼事瞞着我，快說！」

德拉給我大聲一喝，更現出十分吃驚的神色來，他搖着手：「你別發怒！」

我實在又是好氣，又是好笑：「你究竟說不說？你有什麼事瞞着我？」

德拉嘆了一聲，像是在剎那間，下了最大的決心：「當年，我和黛去得十分遠，我們是在深山之中，離這裏還有很遠。」

我道：「自然是在深山之中，你總不能希望在平地上，會有遍地寶石的地方！」

「我不是這個意思，我的意思，當年我們曾在無意之中，越過了國界，到歸途時才發覺。」德拉終於將他要講的話，講了出來。

在那一剎間，我呆了一呆，一時之間，還不明白他那麼說，是什麼意思。

可是我究竟不是一個蠢人，就在剎那間，我明白他的意思了。

我身子一挺，直跳了起來，厲聲罵道：「你這個流氓，你是說，你講的那個仙境，並不是在印度的境內，而是在——」

我講到這裏，只覺得怒氣攻心，難以再講得下去。

德拉對於「流氓」這個稱呼，顯然覺得很悲哀，是以他的神情，十分難看，他苦笑着，道：「是的，不在印度，在西藏那邊！」

我雙眼瞪得老大，俯視着他，他一動也不動地坐着，望着那堆篝火。

我望了他有三分鐘之久，然後，我什麼也不說，就轉身走進了營帳之中。

我實在沒有什麼可說的了，自然，我想大罵他一頓，給他一拳，但是那又有什麼用？我浪費了那麼多時間，旅程上也毫無愉快可言，跟着那印度流氓，來到了喜馬拉雅山麓。

但是到了這裏，這傢伙才說出，他說的那個仙境，原來是在西藏。世界上再蠢的人，也該知道現在的局勢下，偷越西藏和印度的邊境，會有什麼後果。

是以我在走進營帳去的時候，我已經有了決定：明天天一亮就回去。

我躺在墊子上，在那樣的情形下，我自然沒有法子睡得着，我大約躺了半小時，德拉走了進來，他一聲不出，坐在他的墊子上。

然後，又過了好久，他才道：「你準備回去了，不再到仙境去了，是不是？」

我大聲道：「當然是！」

德拉嘆了一聲：「我很抱歉，我不能否認，我利用了你，我不會忘記自己過錯，我一定要報答你，當我回來之後，我會將我得到的東西，任你挑選，作為我的報答。」

我冷笑着：「你一過邊界，就會丟了性命，你以為可以逃得過雙方的巡邏隊麼？」

德拉道：「在印度方面，那地方幾乎沒有什麼巡邏隊，而在西藏方面，在那地點的附近，現在有一隊幾年前武裝反抗失敗退下來的西藏康巴族人，我會說他們的語言，事實上，如果我不告訴你的話，你也決不可能知道我們在行進途中，已越過了國界。」

我狠狠地道：「我甚至知道康巴人的鼓語，但是那不中用，我不再向前去，你要去的話，是你的事，我也不是第一次被人騙了，你大可不必放在心上。」

德拉聽了我的話之後，顯得很難過。

他轉過臉去，對住了營帳的一角，我也根本不去睬他，自顧自閉目養神。

我在不知不覺中睡着了，然後，在不知睡了多久之後，我就被一種極為奇怪的聲音所驚醒，那種聲音，在朦朦朧朧中聽來，好像是有幾千幾萬頭老虎一起在吼叫，實在駭人之極！

而當我被那種聲音吵醒，一彎身坐了起來之後，我便立時聽出：那是風聲。

我們的營帳在左右搖晃，吊在營帳中間的一盞馬燈，晃動得更厲害，蕩起來的時候，碰在營帳正中的木柱上，發出「啪啪」的聲響。

我向營帳的一邊看去，德拉並不在，正在我疑惑間，德拉已鑽進營帳來，望着我，苦笑了一下：「天氣變壞了。」

我心中仍然在生氣，是以我冷冷地道：「那和我沒有關係，我又不到山中去，天氣變壞了，回去總是可以的。」

德拉低頭坐了下來。

風勢好像愈來愈勁，營帳也搖晃得更加厲害，德拉坐了一會，移到了柱旁，伸手扶住了營帳中間的那根柱子，風聲緊得像是有許多鈍刀在刮着營帳的帆布，我們帶來的象群，更發出聽來十分淒厲的尖叫聲，彷彿是世界末日到了。

德拉靜默了半晌，才自言自語道：「不論天氣多麼壞，我還是要去。」

我立時道：「你前去，本來還有百分三十的生還機會，現在，你若是再向前去的話，生還的機會是零。」

德拉的聲音十分乾澀：「死就死了吧！」

我望着他：「中國有一句話，叫作『人為財死』，我看你就是這種人了。」

德拉搖着頭：「在印度，我們也有相同的話，但是我倒不單是為了財，我一直在懷疑黛的死因，所以我無論如何，還要到仙境去一次。」

我望着他：「你認為天氣在短期內會變好？」

德拉道：「不會，壞天氣既然已開始了，就決不是一個月之內能變好的，我想，我這次大約是不會生還的了，幸好我沒有什麼親人。」

我又望了他半晌，心中覺得十分奇怪，因為天下居然有那樣不怕死的人。在那樣壞的天氣之中，進入亙古積雪的高山，會有什麼樣的結果，那實在人盡皆知，而且，他還要越過邊境！他那種不怕死，自然不是什麼勇氣，而只不過是一種麻木而已。

而這種麻木，當然是由於他妻子的死亡，給他造成的。是以我認為已不值得再和他多說什麼了。

我又躺了下來，德拉在喃喃地道：「我剛才出去，察看了一下我們帶來的象——」

象的淒厲的叫聲，仍然在持續着，我忙道：「那些象怎麼樣了？」

「牠們很不安定，可能會奔散。」德拉回答着。

我不禁皺了皺眉，象群如果奔散的話，那麼我的回程，也會發生困難了。

我的心中立時懷疑，是不是德拉這傢伙，為了不想我回去，是在象群的身上，做了什麼手腳？

德拉既然曾騙過我一次，就難保他不會再騙我。

我正想責問他時，突然之間，一下刺耳之極的象叫聲，突然傳了過來，德拉也在刹那間，陡地跳了起來，我忙道：「怎麼了？」

在馬燈的燈光照耀之下，德拉的面色，變得極其難看，他張大了口，像是想叫什麼，可是還未曾叫出聲來，我便已經覺得一陣震動，像是忽然之間，發生了劇烈的地震一樣。

接着，營帳突然倒塌了，一頭大象，像是變魔術一樣，衝了進來，巨大的象腳，恰好向我，踏下！

我絕不是一個應變遲鈍的人，但是一切來得實在太突然，突然得使我完全無法應付，我身子一滾，避開了那大象的前腳，但象的後腳還是向我踏了下來。

我不由自主，怪叫起來，也就在那一刹間，德拉突然滾了過來，在我的身上，重重撞了一下，撞得十分大力，我一連打了幾個滾，營帳跌了下來，蓋在我的身上，使我什麼也看不到。

在那幾秒的時間內，真正是到了世界末日，我只感到不知有多少象，就在我身邊，奔了過去。

我竭力掙扎着，在帆布中掙出了頭來，風大得使我睜不開眼來。我背對着風，才能勉強看到眼前的情形，我看到象群已經奔遠了，我絕想不到，笨重的大象，在飛奔之際，勢子竟如此之快。

我定了定神，回想起剛才的情形，不禁出了一身冷汗，我立時開始尋找德拉，因為若不是在千鈞一髮之際，德拉推了我一下的話，我一定已被首先衝過來的那頭大象踏中。

被一頭重一噸以上的大象踏中一腳，會有什麼後果，那是我一想起來，就出冷汗的事。

我四面看着，看不到德拉，接着，我看到一幅帆布，德拉就在帆布之下。

他伏着，掙扎着想站起來，我忙俯身下去：「怎麼，你被象踏中了麼？」

德拉抬起頭來，喘着氣：「開玩笑，若是我被象踏中，那我已成肉醬了！」

我鬆了一口氣，將他扶了起來，他發出了大聲的呻吟來，捧着左腕，我向他的左腕一看，就知道他的腕骨已經斷折了。

我不禁皺了皺眉：「你的手——」

德拉道：「骨頭折斷了，剛才我滾過來的時候，用的力道太猛，手腕撞在地上，折斷了。」

我呆了半晌，不禁苦笑了起來。

事情在突然之間，發展到了這一地步，那實在是沒有什麼好説的了。我們沒有了象群，也一定喪失了很多裝備，天氣又那麼惡劣，但是德拉既然是因為救我，而斷了腕骨，我難道能捨他而去？

看來，我自然只好陪他進深山去了。

德拉的斷腕一定十分痛，我在我們儲放裝備的地方去看了看，還好，驚惶的大象，只摧毀了小部分裝備，藥箱還在，風大得幾乎無法迎風前進，只好彎着身，吃力地向前一步步地走着。

我來到了德拉的身邊，用手摸了摸他的斷腕，還好，他折斷的地方，好像並沒有碎骨，我替他紮了起來，大聲道：「我們先設法回去，等你養好了傷再說。」

德拉也大聲道：「我不礙事，可以繼續前進，你不必理我了。」

我用更大的聲音道：「你以為我會捨你而去麼？我們一起到仙境去。」

德拉望着我，搖着頭，我用力拍着他的肩頭：「我已經決定了，當然，那是極度的冒險，但只當我被象踏死了，那又怎樣？」

德拉突然彎着身子，向前走了出來，來到了一塊大石之旁，背風坐着，我也到了他的身邊，背着風，講話也容易得多了。

德拉坐了下來之後，喘着氣：「你要弄清楚一點，我並不是為了要你和我一起前去，才將你踢開去的，你完全可以不去。」

我的心中多少有點憤怒，我也大聲道：「你也得弄清楚一點，並不是我硬要求你帶我去，而是你求我去的。」

德拉沒有再說什麼，這一晚，我們就靠着大石坐着，直到天亮。

天亮之後，風勢小得多了，但是當太陽升起之後，我站起來，向山上看去時，看到山中，升起了白茫茫的一片，看來像是霧，但卻又不是霧，我不知那是什麼現象。德拉也站了起來，他道：「風吹向山中，你看到沒有，那是被旋風捲起來的積雪，積雪揚到半空，又落下來，積雪中全是細小的冰粒，那比下大雪更麻煩，到了山中，可能根本看不到眼前的物事。」我聽得出德拉的弦外之音，他是在故意強調困難，好叫我不要去。

然而，我豈是嚇得倒的人。

我冷冷地道：「先別說到了山中的情形，我看我們是不是能趕到山腳下，還大有疑問呢！」

德拉也苦笑了起來，趁着風雪小了，我們去整理殘剩下來的東西。

由於我們沒有了大象替我們負載，所以我們剩下的東西雖然不多，但還得拋棄一大部分，德拉真是一個壯漢，他雖然傷了手腕，但是動作一樣有力，他負了五十公斤的裝備。

我自然負得更多，那全是必需品，不能再少的了。

我們負着重，艱難地向前走着，那一天，行進的速度十分慢，一直到了黃昏時分，我想不會走得超過二十里，但是我們離山更近了。

入夜之後，寒風砭骨，我們蒐集枯枝，燃起了兩個大火堆，喝着滾熱的湯來禦寒，整個晚上，為了維持火堆的不熄，我和德拉每人只能睡至半夜。

第二天，我們繼續向前走，已經根本沒有路，全是高低不平的石岡子，石岡子愈來愈高，我們已經進入山區，第二天的晚上，我們宿在一個山洞中。

到了第三天的中午，我們置身在山中，四面望去，除了高聳雄峻的山峰之外，幾乎沒有別的任何東西，我們不像是在地球上，而像是完全到了另外一個星球上。

處身在那樣的境地中，人類拚命向太空，向別的星球去探索，實在不足以表示人類的進步，而且，恰恰相反，是暴露了人類好高騖遠的弱點。地球是人類生存了幾十萬年的星球，但是至今為止，人類對於地球知道有多少？

對於自己世世代代居住的星球，不求甚解，反倒竭力想去了解別的天體，這不是很滑稽的事麼？

我們在山中走着，漸漸地攀上一個高坡，當我們來到了這個高坡的頂上之際，我們回頭看去，甚至看不到一個腳印。

因為風吹動着積雪，冰粒像是浮沙一樣地滾動着，我們才一提起腳來，便將我們的腳印，蓋了過去。而我們兩人站在高坡上，仰望積雪的高峰，只覺得我們兩個人，渺小得如同芝麻一樣。

積雪被風捲了起來，雖然我們都穿著厚厚的禦寒衣，但是細小的冰粒，仍然從一切隙縫中鑽進來，每一個細小的冰粒進入衣服內，就像有人在身上刺了一針，使人不由自主地發抖。我坐在高坡的雪地上，德拉則站着，持着望遠鏡四面察看，他看了一會才道：「不錯，當年我和黛是翻過了這高坡，向西北去的，我們在那裏，找到了一個溫泉，就在溫泉旁紮營的。」一聽到有溫泉，我不禁精神為之一振，忙道：「那我們快趕路吧！」

我們幾乎是連滾帶爬，滾下那高坡，那樣的確省力不少，也使我們在天黑之前，來到了那溫泉之旁。當我離溫泉還有一百碼左右的時候，我就已經呆住了，我實在想不到，在那樣的崇山峻嶺之中，竟有那樣的一個好地方，那簡直就是仙境了。

溫泉水從一個山縫中湧出來，形成一條尺來寬的小溪，蜿蜒向前流着。在溫泉的源頭，全是光禿禿的、鮮黃色的岩石，看來很醜惡，但是那條小溪淌出了不多遠之後，石縫中長滿了野草、灌木，我向前奔去，奔到了溫泉的附近，就在石上躺了下來，岩石觸手也有一種溫暖的感覺，就像鵝絨被。

本來，我們計劃在到了溫泉之後，先吃一個飽，睡一大覺。

可是，德拉的情形卻和我一樣，當我們在溫暖的岩石上躺了下來之後，誰也不想起來。我們實在也太疲倦了，是以不一會就睡着，睡得十分之甜。

這一覺，我們一直睡到第二天中午才醒過來，這才飢腸雷鳴，弄了一餐飽食，德拉又開始講述他當年和他的妻子，如何以這裏為營地，過着神仙一般的日子，等我們吃飽了之後，又吸了兩袋辛辣的印度土製煙絲，德拉才站了起來：「我們迷路的那一晚上，是從這裏走過去的，我們明天一早走，下午就可以到達了。」

我呆了一呆，才道：「那樣説來，這裏離邊境，已經不很遠了？」

德拉點着頭，道：「是的，很近，你看，你看，不是很平靜麼？什麼事也沒有，如果我不對你説，你也一定不會想到這一點的，是不是？」

我道：「可是我卻不高興有人騙我。」

德拉的神情顯得很尷尬，他低下頭去，不敢望着我。他的那種神情，不禁使我想起，這傢伙，可能還有別的事在瞞着我。

但是我的那種念頭，卻只不過在腦際略閃了一閃而已，並沒有繼續想下去。

第四部

寶山仙境

那一天整個下午，真是令人舒暢，在如此疲乏的旅行之後，躺在岩石上，有溫泉在附近，根本不覺得寒冷，但是放眼望去，卻全是皚皚白雪，這真是無窮的樂趣。風暴似乎並不侵襲所有的山區，旋風一定已吹到別的地方去了，這裏十分平靜。

當晚，我們又睡得很好，當第二天清晨醒來時，疲勞消失，我們並沒有帶裝備，只帶了一點糧食就出發了。

因為據德拉說，下午時分，就可以到那奇異的山洞，也就是那幅油畫所畫的那山洞之中，十分暖和，如果一切順利的話，我們可以在山洞中過夜，第二天再回來。

我們向前走着，步履輕鬆，德拉手腕骨折斷，並沒有出現惡化的情形，雖然還不能十分用力，但也對事情並沒有多太的妨礙，因為我們在峽谷中走着，不需要攀越高山。

說我們在峽谷中走着，那或許不是十分恰當，因為我們不是走在峽谷的底部，而是走在峽谷的中間，也就是貼着一邊峭壁，在向前走着，在我們的腳下，才是黑沉沉的峽谷底部。

我們可以落腳的地方，也根本不是路，而只是凸出在峭壁上的石塊，石塊自然不是連續的，是以在很多情形下，我們只好跳過去。

到了中午時分，我們才鬆了一口氣，因為已穿過了那個峽谷，我不禁向德拉道：「當初你們兩個人，怎會到這種地方來遊玩的？」

德拉的神情有點黯然：「那還是黛提議的，她說那樣才好玩，她還說，如果我們之中，有一個跌下去了，另一個人，就一定也得跟着跳下去。」

我沒有再說什麼，因為德拉第一次經過這裏的時候，他們兩個人的年紀都還很輕，年紀輕，自然是什麼事都做得出來的。

當我們又向前走了約莫一里光景時，前面出現了兩堆很大的石塊，堆得有十幾尺高，看來像是兩個極其突兀的小山峰一樣。

德拉指着那兩個石堆道：「看，這就是邊界了，我們快要過邊界了。」

一聽到要過邊界了，不禁緊張起來。但是，我隨即發現，那種緊張是多餘的，這裏除了我和德拉兩個人之外，別說沒有別的人，再想找別的生物，也找不出來。

這種邊界，自然只是象徵式的，我們兩人若是有興趣，大可將之向南或向北，移上三五里，也決不會有什麼人知道。因為這裏根本人迹罕至，可以說是一點用處也沒有的地方。

我們十分輕鬆地走過了那兩堆大石，倒是德拉的神情，開始緊張了起來。我想，這一定是快要到那個奇異的山洞的緣故。

德拉急急向前走着，他自然是完全認出了當年行進的途徑，是以才會走得如此之快。他愈走愈快，快得我幾乎跟不上。

那地方地勢相當平坦，當然，到處全是突如其來的嶙峋大石，但是可以繞過那些大石走過去。

走了一小時左右，德拉突然停了下來，伸手向前指着：「你看！」

我循他所指看去，看到了一塊極大的、圓鼓形的大石。那塊大石看來很完整，倒像是人工鑿出來的一樣，德拉的神情很激動，他指着那大石：「當時，天色也很黑了，我們找不到回去的路，我們只想在那大石下相擁着過一夜，但就在那大石下，有一道石縫，可以通到那個奇異的山洞去。」

我也興奮了起來，忙道：「那我們還等什麼？」

我們兩人，一起向前奔去，我們實在都奔得太快了，以致我們都被地上的積雪，弄得滑跌了好幾跤，才奔到那塊大石之下。

就在那塊大石之旁，有着一條尺許來寬的石縫，那石縫只能供人側着身擠進去。

德拉道：「小心些，山洞是在下面的，不要一擠進去之後，就跌了下去。」

他一面說，一面已擠了進去，我跟着也擠了進去，我雙手用力抓住了石角，在擠進那石縫之後，我已禁不住發出驚嘆聲來。

那山洞中的情景實在太美麗了！

這時，我所看到的那山洞中的情景，和那幅油畫中的情形，略有不同。

那幅油畫所畫的情形是在早上，陽光恰好由那石縫中照射進來，是以整座山洞之中，都有一種燦然奪目的光芒。而這時，我所看到的山洞，是處在一種朦朧的、柔和的光線之中。

然而現在的情形，比陽光燦然時，更來得美麗，那些鐘乳石，在閃耀着一種迷幻的光彩，山洞中的石塊，像是都蒙上了一層夢一樣的光彩。

我鬆開手，跳下去，張開了雙手，轉着身子，欣賞着這山洞中的奇景。

當我在才一看到那幅油畫之際，我不相信世上真有那樣一個山洞，但是，我現在已經置身於一個這樣的山洞之中了。

德拉直奔到了兩塊大石之間，然後，在那兩塊大石之間，蹲了下來。

我沒有去問他為什麼要那樣做，因這實在是不問可知的，那地方，一定是當年他和他的妻子，在迷途之後，找到了這山洞，就在那裏過夜的所在。

我奔到了山洞的洞壁之前，用手去觸摸那些奇異的石頭，又在觸摸那些晶瑩的、色彩絢爛得難以形容的鐘乳石，當時我的情緒，由於極度的興奮，而有一種迷醉的成分在內。

我來到了德拉的面前，大聲道：「起來，還等什麼，我們為什麼還不到仙境去？我們可以說十分容易就來到了這裏，還等什麼？」

德拉緩緩地站了起來，他向山洞的陰暗處，望了一眼，我聽得他說起過，向山洞深處走去，再擠出一道窄窄的石縫，就是仙境了。

是以我也不等他的回答，就向前走了出去。

但是，我只走了兩步，便聽得德拉叫道：「等一等，我有話說。」

我突然轉過身來，在剎那間，我的心中，也不禁充滿了戒心。

因為在世界上，同心合力去做一件事，但是等到事情成功之後，卻又你爭我奪的例子，實在太多了，當我轉過身來的那一剎間，我甚至準備接受德拉突然向我拋來的一柄飛刀。

當我轉過身來，眼望到了德拉臉上那種悲苦的神情之際，我的心中，不禁興起了一陣慚愧之感，因為德拉顯然沒有害我之心。

我疑惑地問道：「還等什麼？」

德拉苦笑着：「有一件事，我一直弄不明白，我不明白黛的死，是不是和她到過仙境有關。」

我立時回答，根本不考慮：「當然不是，為什麼你們兩人一起到過仙境，她死了，你卻沒事，由此可知是無關的。」

德拉慢慢地向前走來，他臉上的神情，顯得更悲苦，他緩緩地道：「黛死得十分慘！」

我皺了皺眉：「那是過去的事了，沒有什麼人在結束生命時會快快樂樂的。」

德拉又沉緩地道：「我說她死得十分慘，你知道她死前的情形麼？她已整個變了樣子，變得幾乎不像是一個人了，你知道她最後是怎樣死的？」

我呆了一呆，在那一呆之際，我的頭腦，也登時冷靜了下來。

我剛才的那種狂熱消失了，因為我聽出德拉的話中，有嚴重的事。

我道：「我自然不知道，我只知道她死了，你並沒有告訴過我，她是怎麼死的，是不是？」

德拉突然哭了起來：「她變了，她變得根本不像一個人，像……我完全說不上她像什麼，她其實還沒有死，她變得很大力，她完全變了，最後，是土王下令，將她射死的！」

剛才，我還只是呆了一呆，但現在，我卻完全呆住了。德拉的話，聽來可說是語無倫次之極，但是，卻也怪異到了極點。

我雙手按在他的肩頭上，搖動着：「你究竟想說什麼？」

德拉雙手掩住了臉，他簡直是在聲嘶力竭地叫着，道：「她不是病死的，她生了病之後，一天一天在變，最後變成了一個妖怪，她想衝出土王的宮殿去，但是被衛士射死了。」

德拉講的話，我完全聽明白了，但是，如果他以為我會相信的話，那麼他就大錯特錯了。

我鬆開了他的肩頭，後退了一步，冷笑道：「德拉，你直到現在，才講那些給我聽，是什麼意思，你的意思是不要我到仙境去麼？」

德拉呆了半晌，也像是一時間不明白我這樣講是什麼意思一樣。然後，他搖了搖頭：「你弄錯了，我的意思是，我們兩人到仙境去，如果其中一個，也和黛一樣的話，那麼，另一個人，不能用對付黛的方法對付他，黛是活着的啊！」

我愈聽愈不明白，事情實在太撲朔迷離了，而在如今那樣的情形下，我也不想去細問，因為仙境就在眼前了，誰耐煩理會得那麼多？

本來，我是根本不相信人世間有德拉所說的那樣的一個「仙境」的。但這時，我已經身在這個奇異的山洞之中，就算是世上最固執的人，也會相信「仙境」就在眼前，是以我只是應道：「自然是，我們快向前去！」

德拉深深地吸了一口氣，我們一起向山洞的陰暗處，走了過去。

這時候，我們兩人的呼吸，都不由自主，顯得很急促，我們很快就來到了那一道窄縫前，德拉走在前面，我走在後面，我們側着身，擠過了那條狹窄的石縫，漸漸地，我看到了前面的光亮。

我和德拉，終於擠出了那山縫。

在擠出了那山縫的那一剎間，我看到了眼前的情形，德拉他簡直可以說是一個騙子，或者說，他是一個形容能力太差的人！

德拉曾經用許多言語，向我描述過「仙境」中的一切，但是他所形容的，不及我這時所目擊的百分之一！我首先看到的，是一個極大的深坑，在那個直徑約有二十呎的深坑中，四面的石塊上，全都是一大顆一大顆的寶石。

或者是我們慣於以「顆」來形容寶石，事實上，那些寶石，絕不是一顆一顆，而是一大塊一大塊的。

我急急向前走去，踢出了一塊鑽石，我俯身將那塊鑽石，拾了起來，那塊鑽石壓在我的掌心，沉甸甸地，我估計大約有三公斤重，它的形狀，是天然的結晶形，在陽光下，泛着奪目的淺綠色的光彩。

我從來也未曾聽說過有淺綠色光彩的鑽石，但是毫無疑問，這時我托在手中的，是一塊鑽石，我的手不禁在微微發着抖。

我自問不是一個貪財的人，就算是一個貪財的人，一到了這裏，不論他的貪財程度是如何之甚，也可以得到滿足的了。

但是我的手，還是在發抖，因為那實在太驚人了，那麼大塊的淺綠色的鑽石！

然而，我並沒有將那塊鑽石托了多久，便將之拋了開去，因為我又發現了一大塊紅寶石。

那塊紅寶石是一個薄片，說它是薄片，那是對它的面積而言的。它大約有一寸半厚，面積在三平方呎以上，呈不規則形狀。

當我將那塊紅寶石舉到了我的面前時，通過那紅寶石望出去，我眼前所有的一切，全變成血一樣紅，我放下了那塊紅寶石，又撈起了兩把大大小小，根本連名堂也叫不出來的寶石，然後，又任由它們自指縫中漏下來。

我向前奔去，一路跳過大塊大塊的鑽石，我看到了一大塊黃金，那是真正的純金，像是有人熔了，澆成一塊的，我走過去，抱住了那塊黃金。

但是我根本無法移得動分毫，那塊黃金，至少也有幾千公斤。

在那塊黃金上，還露出許多寶石的尖角來，那些寶石深嵌在黃金中，一定是熔金子時滲進去的，等黃金凝結時，寶石就在裏面了。

我一直奔到了坑邊，那坑很深，我沿着坑邊，抓住坑壁上的寶石、鑽石，向下攀下去，一直來到了底部，整個坑的底部，全是金黃色，我不知那一層黃金有多麼深，多麼厚，那完全是無法估計的。

我在坑底的黃金上，躺了下來，發出了一連串毫無意思的叫嚷聲來。

過了好久，我才發現，何以在一到了「仙境」之後，就未曾聽到過德拉的聲音？

我大聲叫着：「德拉！德拉！」

德拉在我叫了十幾聲之後，來到了坑邊，我道：「你不感到高興麼？」

德拉卻答非所問：「我找到那東西了。」

我呆了一呆，跳了起來：「你找到了什麼？」

德拉道：「我不知道那是什麼，但是黛接近過它，我沒有碰過它，我想，那就是使黛生病，又使黛變成妖精的東西。」

我攀上了那個深坑，德拉的手，向前指了一指，我看到他所指的，是一堆十分難看的赭褐色的東西，那東西，看來像是一堆陶土。

我向那堆東西走過去，德拉忙道：「別接近它，我想它是不祥之物。」

我停了下來。本來我是沒有那麼容易就聽德拉的話的，但是因為我處身在那樣的環境之中，不論那一堆是什麼，我都不會去管它的了。

我抬起頭來，道：「你看怎麼辦？我們攜帶多少東西出去？」

德拉卻仍然怔怔地望着那堆東西，不出聲。

我大聲叫着他的名字：「喂，你到這裏來，究竟是為了什麼？」

德拉卻像是傻了一樣，站在那堆東西前不動，我來到了他的身邊，在他的眼前，搖晃着我的雙手，而我的左手，則抓着一把寶石。

如果我就那樣，離開這個所在，回到文明世界中的話，那麼，我只消在人前鬆開手，將我雙手中的鑽石和寶石放開來的話，那麼就可以成為世界上最富有的人。

可是，我雙手在德拉的眼前晃着，德拉卻並不望向我，依然看着那堆東西。

我略呆了一呆，開始感到了一點，那便是，我從一開始起，就料錯了德拉的為人。

當我一想到了這一點時，我鬆開手，任由我手中的鑽石和寶石落在地上，和其他的寶石相碰撞，發出清脆悅耳的聲音。

我怔怔地望着德拉。

從我一聽到德拉講及那個「仙境」的事開始，我就以為德拉是一個財迷心竅的人。

現在，我可以說，我完全料錯了，德拉到這裏來的目的，根本不是為了遍地的黃金和寶石，他主要是為了要弄清他的妻子，是怎樣死的。

在他的心中，黛顯然就是一切，那些黃金和寶石，根本全不在他的心上。這一點，從他這時注視着那堆東西的神情上，可以得到充分的證明。

一想到了這點，我不禁慚愧，因為一到了這裏，我的行動，完全像是一個財迷心竅的人。雖然如果有人嘲笑我的話，我可以自辯，說那完全是一個人在看到了那堆黃金和寶石之後的自然反應，但是我先認人家是財迷，結果自己卻反而那樣，心中自然不好意思之至。

我望了德拉一會，又去看那堆東西。

這時，德拉的手，在微微地發着抖。

他的手一面在發着抖，一面在伸向那堆東西，口中在喃喃自語：「黛碰過這堆東西，所以才變成了妖怪。」

當他在那樣講的時候，他的手指尖，離那堆東西，只不過三兩寸！

我本來絕不相信什麼人會變成妖怪那樣的事，但是在那種的情形下，當我一看到德拉的手指，快要碰到那堆東西之際，我卻也不禁立時叫了起來：「你知道，還去碰它？」

德拉一定是太聚精會神了，以致他在一時之間，可能忘記了我的存在。所以，我一出聲，他身子一震，嚇了一跳，然後縮回手來。

當他縮回手來之後，轉過頭來望我，在他的臉上，帶着一種極其深切的悲哀，他道：「有人說，黛生來就是妖怪，也有人說，這一場戰爭的災禍，就是黛帶來的，我要證明黛不是妖怪，要證明是這堆東西，使黛變成妖怪的，我一定要證明。」

我略呆了一呆，德拉對黛的愛情，竟是如此之深切，這也是我始料不及的。

我搖了搖頭：「你不能證明什麼，黛早已死去了，而且已不存在了。」

德拉又轉過頭去望着那堆黑不溜丟的東西：「我記得很清楚，我第一次來到這裏的時候，完全被這裏的一切吸引住了，根本沒有看到這堆東西，但是黛卻看到了它，黛一面撫摸着它，一面還對我說，你看，這是什麼？這好像不應該是仙境中的東西。」

德拉講到這裏，略停了一停，才又道：「她撫摸着這堆東西，大約有一分鐘，當時她就說有點頭暈，所以才離開，而當時我全然未曾注意。」

我靜靜地聽他說完，才道：「你雖然想起了這一點，但也不能證明什麼。」

德拉的語言，卻出奇地平靜：「可以的，我有辦法證明這一點的。」

突然之間，我明白德拉的意思，是以我不禁陡地打了一個寒噤，忙道：「你是說——」

德拉道：「是的，我也要撫摸這堆東西，看看我是不是也會變成妖怪。其實我早已可以一個人來的，而我一直要等另一個人和我一起來，也是為了這個原因。」

我苦笑了起來：「德拉，看來你不像是一個善於撒謊的人，但是你卻向我撒了一連串的謊，你不是到這裏來尋求財富的，根本不是！」

當我一開始講話的時候，德拉已經將他老大的手掌，放在那堆物事上面去了，他的手，在撫摸着那物事的粗糙的表面。

我想制止他，但是我轉了轉念，卻並沒有説出制止他的話來。那是因為在那剎間，我想到了兩點。第一、我不怎麼相信撫摸一堆石塊，會使人變成妖怪，因為那似乎太無稽了。第二、德拉既然是為了這目的而來的，就算我阻止他，又有什麼用？

德拉一面撫摸着那堆東西，一面道：「如果我變成了妖怪的話，那麼，寶石和黃金，對我還有什麼用處呢？我想求你一件事，我帶你到這裏來，你可以由你自己的心意取得報酬，但是，你卻要看着我，在我的身上，發生些什麼變化，如果我也成為妖怪——」

我立時道：「那太無稽了，你怎麼會？」

可是，我的話剛一説完，德拉突然後退了一步，他的手，也已經離開了那堆東西，在那剎間，我看到他的臉色，變得十分蒼白，他的身子搖晃着，像是站在一艘搖晃不定的船隻的甲板上一樣。

他終於站立不穩，身子跌倒，坐在地上，臉上更蒼白。

看到了那樣的情形，我也不禁呆住了。

他感到了頭暈，要不然他是絕不會那樣搖擺着身子跌倒的。

而黛，據德拉所說，也是在撫摸了那堆東西之後，感到頭暈，感到不舒服，以致於跌倒的，看來，那堆東西果然有一種神秘的力量。

當我發呆之際，德拉已經站了起來，他緩緩地吸了一口氣，望着我：「剛才是怎麼一回事，可是忽然間發生了地震麼？」

我緩緩地搖着頭：「什麼事也沒有發生，只有你突然搖晃着身子，跌倒在地上。」

德拉雙手捧住了頭，道：「我感到了頭暈，和黛一樣，我感到了頭暈，我……我……」

看他的神情，也不知道他是高興，還是難過，他向前走出了幾步，在一大堆黃金上坐了下來，低着頭。

過了好半晌，德拉才道：「我的計劃已逐步開始實現了，我會病，病得很辛苦，最後，我會變成妖怪，但是不論我變成什麼，我絕對不會傷害你的，我求你守在我的旁邊，看我發生什麼變化。」我苦笑了一下：「黛病了多少天？」德拉道：「大約十多天。」

我道：「那也不是辦法。我們帶來的糧食，也不夠十天之用，而且如果你病了，在這裏，也絕得不到什麼照料，我們還是快離開吧！」

德拉望了我半晌，才道：「如果我開始病的話，就算得到最好的照料，也是不會好，我不能離開這裏，我變成妖怪，會嚇壞很多人。」

我仍然搖着頭：「如果你不肯離開的話，我也不能在這裏陪你，並不是我不肯，你想想，沒有足夠的糧食，難道我和你一起餓死在這兒？」

德拉道：「你説得對，你可以離開幾天，帶了足夠的糧食，再回這裏。不過，只准你一個人回來，不准你帶別人一起，而且，你走的時候，也只准空手離去，我無法命令你回來，但是這裏的寶石和黃金，會使你盡快回來的。」

聽得德拉那麼説，我心中不禁十分憤怒，我冷冷地道：「你有什麼辦法可以阻止我拿東西出去？」

德拉卻突然一伸手，在他的衣服之中，取出了一柄已經十分殘舊，槍身生滿了鏽的手槍來，對準了我，道：「憑這個！」

那柄手槍雖然已經十分舊了，但是毫無疑問，仍然可以發射的。

我心中的憤怒，可以說到了頂點，我厲聲道：「你是一個騙子！」

德拉的神情有點悲哀，他道：「我一面威脅你，但是我也要請你原諒，我只好那樣做，現在，你可以離開這裏，等你弄到了糧食之後，再回來。」

我連一秒鐘也沒有多耽擱，就轉過身，向前走去，而且，立即走到了那石縫之前，橫着身子，擠進了那石縫之中，一口氣走回到那奇異的山洞中。

一直到走到那山洞之前，我心中在想着的，只有一件事：我受騙了！

但當我來到了山洞之後，我的想法，多少有點改變，因為德拉至少不是完全在騙我，這個奇異的山洞，是存在的，滿是黃金、鑽石和寶石的「仙境」，也是存在的，雖然我現在什麼也沒有得到，但是我卻的確看到過世上最大的鑽石，整個坑的黃金！

我在那山洞中，呆立了一陣，便出了那山洞，我們帶來的裝備，都留在山洞之外，我帶了一些我回程必須的裝備，開始往回走。我在開始回程的時候，根本沒有想到再回去，因為德拉暗藏着一柄手槍（我一直不知道這一點），而且他還用手槍對付我。

看來，德拉會變成妖怪這一點，未必可信，但是他已變成了一個狂人，那卻是可以肯定的，說不定他不想我得到那些財寶。

我一直向前走着，心中也一直極其憤然，當我開始以相當高的速度，走下一個山坡之際，我離開那個山洞，大約已有七里到八里之遠了，我由於心中實在氣憤，是以也未曾再注意到邊境不邊境的事。

而等到我想起這一點來的時候，卻已經遲了！

在許多岩石後面，已冒出了足足有三十個人來，這三十個人的身上，都穿著用獸皮縫製的衣服，十分粗糙簡陋，但是他們手中的武器，卻全是很新的，幾乎全是一色的新式步槍。

那三十多人站在石後，步槍對準了我，令得我站在他們的包圍圈中，不知道該怎麼才好，等我定下神來時，他們依然站在石後不動，而我也仍然僵立着。

我勉力鎮定心神，打量着他們，他們每一個人的目光，都定神在我的身上，我發現其中至少有七八個是女人，他們的皮膚黝黑，神情堅毅而嚴肅，從他們身上的衣服來看，他們自然不會是什麼正規軍隊，但是他們的手中，卻又有着武器。

我在突然之間想起他們是什麼人了。

德拉曾經告訴過我，這個地區，現在是被一群武裝反叛的西藏康巴族人佔領着。

那麼，毫無疑問，這些人就是康巴族人了。

他們的目光中，充滿着敵意，但是他們的神情，多少也有點好奇，因為在這樣的地方，出現一個陌生人，那究竟是很不尋常的事。

我已經知道了他們是什麼人，是以也鎮定了下來，而且，我還可以說粗通他們的語言，所以我站着不動，一面用他們的語言道：「請放下你們的槍，我不是你們的敵人！」

一聽得我講話，那些人臉上，更現出好奇的神情來。而就在這時，又有三個人，以極快的速度，向前奔了過來。

奔在最前的，是一個中年人，神情威武，穿著獸皮的衣服，腰際圍着一條子彈帶，插着兩柄手槍。

第五部

在神前證明無辜

他一來到了近前，略停了一停，便直來到了我的面前，厲聲道：「舉起你的手來！」

我依着他的命令，舉起了手，但是我的語音，仍然十分平和：「我不是你們的敵人！」

那中年人的聲音嚴厲：「你是奸細！」

那中年人叫出了這一句話之後，圍住我的那些人，神情變得洶湧和激動，我知道「你是奸細！」是一個十分嚴重的指摘。

這種指摘，可以使我喪失生命，我必須為自己作辯護。

我忙道：「你完全弄錯了，我只不過是一個由外地來的遊客，我和一個印度人一起前來的，在我的身邊，還有我的旅行護照，你可以查看。」

我的話已說得十分明白，但是那中年人的固執，卻實在令人吃驚，他立時道：「你可以假造的，你可以假造一切。」

我嘆了一聲道：「我向你再說一遍，我決不是和你們有敵對地位的人，我只是一個遊客。」

那中年人根本沒有多聽我解釋，他只是揮着手：「將他綁起來！」

我立時大聲道：「不必，你們要將我帶到任何地方去，我都不會拒絕，但你們不能侮辱我，那樣，當你們知道是錯誤，向我道歉的時候，我也會容易接受些。」

那中年人緊盯着我，冷笑道：「聽來，你像是一個勇敢的人。」

我冷冷地道：「不敢說勇敢，但你們一定會知道我不是你們的敵人，我是和遮龐土王宮中的總管一起來探險的一個外地人，對於你們和別人的爭執，一無所知。」

那中年人聽到了「遮龐土王」，雙眉揚了一揚，他道：「土王已經死了。」

「是的，死了已很久了，王宮也早已成了廢墟，我們是經過王宮的廢墟向前來的。」我說道。

那中年人又望了我一會，我以為事情可以有一些轉機，但是，那中年人立即又道：「你是我的俘虜，你必須服從我的命令，帶他回去！」

那中年人轉過身，向前走了出去，那幾十個人一起向我呼喝着。

我放下了手，他們並沒有綁縛我，但是我卻也沒有任何可以逃走的機會。

我被他們包圍着，向前走去，我們經過了一條十分狹窄的山徑，那條山徑的盡頭，是一座滿是冰雪的峭壁，看來根本沒有通道。

但是，到了峭壁之前，在峭壁的左側，卻有一條狹窄的山縫，那些人一個接一個，自山縫中走了進去，我也被夾在中間。

經過了那個山縫之後，又翻過了一個極其陡峭的山頭，我看到了一個小平原。

那小平原的四面，全是皚皚的冰雪，但是小平原上，卻是十分肥沃的土地，青草野花，美麗得像是世外桃源一樣。

那幾乎是不可能的事，但是卻實實在在，出現在我的眼前。

我一看到山腳下有縷縷的蒸汽在冒出來，我就知道那個小平原一定是地下溫泉所造成的奇蹟。在那個小平原上，搭着許多皮帳篷，有不少女人，正攜着小孩，在帳篷外工作着，但一看到我們，都停下了工作，向我望來。

當我在他們的包圍下，漸漸走近的時候，我聽到了一連串的咒罵聲，那些咒罵聲，顯然全是對我而發的，我只好裝出一副泰然的神色來。

我被押進了一座牛皮帳篷之內，那中年人隨即走了進來，在地上坐下，任由我站着，他問道：「你們對我們的營地，已知道了多少？如果我放你回去，你一定可以作詳細報告，你們的軍隊，就可以將我們趕盡殺絕了，是不是？」

我很平靜地道：「你完全弄錯了，如果你放我回去的話，我相信，我可以替你們安排撤退的途徑，使你們都安全退回到印度境內去。」

那中年人怒道：「我們不會離開我們的土地。」

我有點嘲笑地道：「你們的精神領袖，不也避開去了麼？何必那麼認真？」

那中年人怒道：「胡說，他是無所不在的，他就在我們的身邊，鼓勵我們戰鬥。」

我知道，在目前那樣的情形下，觸怒那中年人，對我是一點好處也沒有的，是以我不再和他說那些，只是道：「你沒有扣留我的必要，因為我不是你們的敵人。」

那中年人狠狠瞪着我，我卻很鎮定，那中年人忽然道：「你說你自己是無辜的，你可敢在神的面前，證明你的無辜麼？」

一聽得他那樣說，我不禁嚇了一跳。這些人，他們雖然懂得為反抗強權而戰鬥，但是在智識上而言，還在半開化的狀態之中。我也知道他所謂「神面前證明無辜」，是怎麼一回事，那一定是要我去做一件極危險的事，如果做到了，我就是無辜的，如果做不到，不消說，我遭到了凶險的話，那便是神對我的懲罰，死後還要落個不清白。很多落後民族，都喜歡用這種無稽的方法來考驗一個人是無辜的還是有罪的，那自然是可笑之極的事，我已立時準備拒絕他了。

可是，我的話還未出口，我就發現，如果我拒絕的話，那一定要被他們認為我心虛。

因為那中年人的話才一出口，圍在我身邊的所有人，都向我望來，在他們的眼神之中，都帶有一種挑戰的意味，像是他們都以為我不敢接受這項挑戰。

我緩緩地吸了一口氣，在那一剎間，我完全改變了我的主意。

自然，去依那中年人所説，接受「神的考驗」云云，是一件極其無稽的事情。

然而，在目前的情形看來，那似乎是我改變處境的唯一辦法了。

是以我在望了中年人半晌之後，緩緩地道：「好的，我將如何在神的面前，證明我是無辜的，對你們是全然沒有惡意的。」

連那中年人在內，所有的人面上，都現出了一種極其驚訝的神色來。接着，他們便發出了一陣震動山谷的歡呼聲來。

這一陣歡呼聲，倒實在是出乎我意料之外的，但是更出乎我意料之外的事，還是後面，那中年人突然滿面笑容，向我走來，他熱烈地握着我的手，搖着我的臂，表現了一種異常的親熱。

他們是粗魯、獷蠻、率直的民族，我不相信他們會像一些有着優良文化傳統的民族那樣，懂得虛偽和做作，那中年人現在對我的親熱，顯然是出自真誠，但是他的那種改變，卻未免太突然了。

我苦笑着：「為什麼你忽然對我表示歡迎了，你不是以為我是敵人派來的奸細麼？」

那中年人笑着：「是的，我這樣認為，但是你願意在神的面前，證明你的清白，只有一個真正的勇士才敢那樣做，而我們崇拜勇敢的人，即使他是敵人。」

我聳了聳肩，原來是那樣，我的心中，忽然想到了一個十分滑稽的問題。我在想，如果我不能「證明」我的清白，因而死了，他們是不是會追悼我？

那中年人仍在熱烈地搖着我的手：「我叫晉美，是全族的首領，你別看我們現在人不多，本來有兩千多戰士，大部分都戰死了。」

我沒有說什麼，因為晉美那樣說的時候，語氣之中，一點也沒有悲哀，反倒充滿了自豪。

反而是我，卻感到了深切的悲哀，因為我四面環顧，我看到的壯年男人，不會超過兩百人，那也就是說，他們之中，十之八九戰死了。

那自然是一個深切的悲劇，他們自己或者不覺得，但是我這個旁觀者，卻深深感到這一點。

晉美拉着我的手：「跟我來。」

我不能不跟着他向前走去，在我跟着他向前走去的時候，我曾在暗中，和他較量了一下腕力，我發現他是一個壯健如牛的男人。

在我們的身後，跟了很多人，當我回頭看去，我看到離我最近的，是四個戴着十分恐怖面具、披着毛茸茸大氅的人，他們的手中，都執着一面皮鼓。

這四個人，可能是他們族中的法師。照說，康巴族人也應該是佛教徒，但佛教徒在中國、在印度和在西藏，幾乎是完全不同的三種宗教了，佛教的教義溶在民族性之中，喜歡作什麼樣的解釋都可以。

我們由一條很崎嶇的小路，登上了一個山頭，然後，我們踏着厚厚的積雪，來到了一座懸崖之前，我就不禁吸了一口涼氣。

在懸崖之下，是一個極深的峽谷，一道急流就在那峽谷下流過，水挾着冰塊，如同萬馬奔騰。

每當湍流撞在大石上，濺起老高的水花時，兩面的峽谷，發出打雷似的巨響。

峭壁上冰雪皚皚，兩面峭壁，相距約有二十公尺，就在兩面峭壁之間，有一道天然的石樑，那石樑在接近兩面峭壁處，約有三四尺寬，但是在中間部分，卻細得和手臂一樣。

而且，在那道石樑之上，積着一層厚冰，那層冰也不知是什麼時候留下來的了，可能自它結了冰上去之後，就一直也沒有融化過，晶瑩透徹得如同是厚厚的一層水晶。一到了斷崖之前，晉美便指着那道石樑：「你得走過去，再走回來！」

我早已料到所謂「在神的面前證明清白」，是一件荒謬透頂的事情了，但是我卻還未曾料到，事情竟會荒謬到了這一地步。

別說那道石樑上結着冰，我只要一踏上去就會滑跌，就算不會的話，那石樑的中心部分，只有手臂粗細，是不是能負擔我身體的重量，還大有疑問。

我在那一時之間，不禁氣往上衝，我冷笑着：「你以為一個人有可能在這道石樑上走過去又走過來麼？」

晉美的回答，更令人啼笑皆非。

他竟然一本正經地回答我：「當然不能，沒有人可以做到這一點，連松鼠也難以在上面走來走去。」

我咆哮起來：「那你又叫我走來走去？」晉美冷冷地道：「如果你是清白的話，神會保祐你，使你平安無事。」

我狠狠地罵了兩聲：「他媽的神在哪裏？」晉美的回答卻十分富於哲理，他向我的胸口拍了拍：「在你的心裏，朋友！」

我的手心在冒着汗，山頭上的寒風凜冽，氣溫雖然在零度以下，但我的手心卻在冒着汗！而那時候，那四個戴着奇形怪狀面具的人，卻已然漸漸用手掌拍起他們的皮鼓。我對於康巴人的鼓語，早有研究，但當時全然是為了一時的興趣而已，卻再也想不到，竟會有一天，聽康巴人用鼓聲奏出他們的死亡之歌來。

那四個人手段動作急驟一致，他們腰際的小皮鼓，發出整齊劃一的鼓聲。

我聽得懂他們的鼓聲是在說：「去吧，去吧！如果你是清白的，你什麼都能做到，如果你是罪惡的，神會令你永遠沉浸在罪惡的深淵中。」

我向那四人望了一眼，向晉美望了一眼，向所有在我身後的人望了一眼。

當我望了他們，看到他們臉上的神情之後，我知道，如果我這時，拒絕在這道石樑上走來走去的話，那麼，我就毫無疑問，會被他們推下深谷去，結果一樣！

我再望向那道石樑，心中在苦笑着，我走過這道石樑的機會是多少呢？由於我和德拉要爬山的緣故，是以我一直穿著鞋底有尖鋭鋼釘的釘鞋，釘鞋或者可以釘進石樑上的冰層中，但如果我不能平衡身子，或是那石樑根本負不起我的重量，那我就會掉下去了。

一想到我會掉下去，峽谷底部，湍急的水流聲，聽來更是震耳欲聾，我唯一差堪自慰的是，我想，我可能不等到跌下去，便完全失去知覺了。

在我呆立着的時候，鼓聲突然停止了。

晉美望着我的目光，又變得十分陰冷：「你應該開始了！」

我苦笑，當一個人步向死亡的時候，滋味是怎樣的，我再清楚也沒有了。

我向前走去，來到了石樑之前，我一腳重重踏了下去，鞋底的尖釘，敲進冰層之中，我用力向下踏了踏，才跨出了第一步。

當我跨出了第一步之後，我已經完全在石樑上了。石樑的開始部分十分寬，我不必怕什麼，因此，我又很快地跨出了第二步。

當我跨出第二步的時候，我的身子晃動了一下，石樑上的風似乎特別猛烈，我的面上和手上感到了一陣異樣的刺痛。

我背着風，吸了一口氣，雖然我知道，為了減低恐懼，我不該向下看，但是我還是向下看了一下，我看到了洶湧的湍流，我感到了一陣目眩。

我連忙抬起頭來，又急速地向前，跨出了三兩步，在那不到三秒鐘的時間內，我心頭湧起了許多稀奇古怪的想法來。

我估計石樑到峽谷底的湍流，大約是兩百公尺，如果我跌下去，而水又夠深的話，我不一定死，世界著名的墨西哥斷崖的死亡跳水，高度是四百五十公尺。

當然，先決條件是要水夠深，水不夠深的話，我是絕沒有機會的。

一想到我決不是已經死定了，我的膽子便大了許多，向前走出來的時候，也穩了許多，我張開雙臂，平衡着身子，一步步走去。

我已經快要來到石樑中間的部分了，那需要極度的小心。我已經小心之極的了，但是要就是他們的神不肯保祐我，要就是他們的神的力量，敵不過物理的規律，當我一腳踏下去的時候，石樑斷了！

我的身子向前一俯，我根本沒有任何機會，我的身子便從石樑中空的部分，直跌下去，一陣自石樑上散落下來的碎冰，落在我的頭臉上。

我聽到晉美他們發出的怪叫聲，和急驟的鼓聲。在開始的一剎間，我的感覺甚至是麻木的，我幾乎不知道究竟是什麼事發生在我的身上。

我當然立即清醒了過來，我勉力扭了扭身子，雙手插向下，這時，我唯一的希望，就是下面的水夠深，可以使我插進水中去。

我的泳術十分精良，水雖然湍急，我自信還可以掙扎着冒起頭來，只要能在急流中冒起頭來的話，我就可以有生還的希望了。

我剛來得及想到了這一點，陡地，什麼聲音也聽不到，什麼東西都看不到了，我已經跌進了水中。

一到了水中，我就掙扎着，使我自己不再下沉，而變得向上浮起來。

我在水中翻滾着，被巨大的力量湧得向前滾了出去，但是我終於冒出了水面，我深深地吸了一口氣。

那實在是極其可怕的經歷，事後，我想起我居然還沒死，可以生還的最大原因，倒並不是那河的河水夠深，而是河水居然十分溫暖。

我在水中翻滾着，好幾次，我試圖接近一些大石，但是我根本無法做到這一點。

河水實在太湍急了，每到順着水流，向前沖去，自己以為這一次一定會撞中石塊之際，水流的力量將我衝開去，連碰到那些石塊的機會也沒有。

我一直被湍急的水流向前沖着，也不知被沖出了多麼遠，我在湍急的水流中，已經盡可能節省體力的，但是還是快要筋疲力盡了。我勉力支持着，使盡了全身每一分氣力，我知道，只要能支持得到河水流出這個峽谷，水流就會緩慢下來，我也就有希望了。

終於，水流兩旁的高山消失了。

當然，那絕不是説，河流已到了平原上，而是山勢不再那麼險峻了，被聚在峽谷中的河水，向四面八方奔流着，散了開來，形成數十道小溪，非但不急，而且也變得淺了許多。

我在水中打了幾個滾，被沖進了一道溪水之中，掙扎着站了起來。

河水在一沖出峽谷之後，就變得冷不可當，當我站起來之後，寒冷的感覺更甚，像是有千百枚利針，一起在刺砸身子，我的雙腿發着軟，水雖然是只到我的腰際，但是我還是一站起來就跌倒，接連跌倒了好幾次，才來到了溪邊。

我伏在溪邊上，雙腳仍然浸在冰冷的水中，溪岸的石上積着雪，我身上的衣服變得硬了，它們已結了冰，那種致命的疲乏和寒冷，實在使人消失了生存的意志，覺得就此死去，讓痛苦隨着生命的消失一起消失，也是一件很值得的事。

我勉力抬起頭來，如果不是在那時，我看到在一塊岩石，近溪水的部分，生長着一大片苔蘚的話，我真可能就此流進溪水中淹死算了。

那片苔蘚生得很繁茂，平時看了，自然不會有什麼印象，但是在如今那樣的情形下，這一片綠得發亮的低等植物，卻給人以生的鼓舞。

我掙扎着站了起來，腳高腳低的向前走着，身上結了冰的衣服，發出「咔咔」的聲響。

我已記不清我是如何走進那個山洞的了，我可能是滾進去的，在山洞口，有一叢灌木，那叢灌木可以供我生火取暖，然而，我何來的火種？

在滾進了山洞之後，至少，砭骨的寒風，已不會再吹襲，我鼓起最後的一分氣力，跳着，跑着，而且脫下了我身上的衣服，然後，我再抓了兩把雪，在我的身上，用力擦着，直到皮膚擦成了紅色。

那樣一來，我的精神居然恢復了不少，同時，我一直將那包浸濕了的火柴夾在脅下，然後，又將半乾不濕的火柴頭，細心地放在耳中轉動着，那樣，會使濕的火柴頭快一些乾。

我將洞口乾枯的灌木枝，盡可能地搬進山洞來，然後，小心地企圖將它們點燃。

在我的手幾乎已凍得僵硬的時候，我才燃着了一支火柴。在我一生之中，也可以說經歷過許多風險的了，但是我也決想不到，一支火柴和一個人的生命，在某種情形之下，會發生那麼密切的關係。

我的手在劇烈發着抖，火柴升起微弱的火頭，是死是生，全要看這一支火柴，能否點燃這一堆枯枝了。

抖動的手，終於使枯枝燃燒了起來，一股暖意，流遍全身，我也變得更有勁起來，又搬了更多的枯枝進來，在熊熊的火頭之旁，發出如同原始人一樣的呼叫聲來。

我焙乾了衣服，我從來未曾想到，穿起了乾的衣服，竟是那樣令人舒服，而在感到了舒服之後，真正挪動一下身體的力道都沒有了，就在火堆邊倒了下來，而且立即睡着了。

我不知睡了多久，我是被寒冷和如同猛虎吼叫似的聲音弄醒的，我醒了之後，翻了一個身，身子縮成一團，又睡了極短的時間。

但是由於風聲實在太驚人了，我不得不彎起身來，向洞口望去。

當我看清了洞口的情形時，我不禁呆了半晌，我的運氣實在太壞了，我看到大片大片的雪花，隨着旋風，捲進山洞來。

在半個山洞中，已積了極厚的雪，在那樣壞的天氣之中，我可能寸步難行。

雖然，我如今勉強還可以在山洞中棲身，但沒有枯枝可以供我取暖，也沒有糧食，壞天氣不知要持續多久，看來仍是死路一條了。

我冒着風雪，衝到了洞口，在洞口呆了片刻，又退了回來。

如果不是我眼前的處境如此糟糕的話，那麼，我這時在眼前看到的景色，可以說是在地球上能夠看到的最壯麗的景色了。

眼前白茫茫一片，遠處的山頭，根本完全看不見了，而近處的山頭在大片大片狂舞着，向下降落來的雪花之中，就像是幻影，只存在於虛無縹緲的境地之中。旋風不時將地上的積雪捲起來，和天上飄落下來的雪花相撞擊，然後又散開來，飄舞着。

我站了大約一分鐘，在我的衣服上，已經積下了不少雪花，我退回洞中之後不由自主，向我的那雙鞋子看了一眼，然後苦笑起來。

人餓急了可以吃皮鞋，但是我的攀山釘鞋，可供吃的部分，卻實在太少，那我該怎麼辦呢？

如果我在這個山洞中不出去，那我只是枯守着，可能守到天色轉晴，但到那時，我可能已餓得連舉步走出山洞的氣力都沒有了。

那樣的話，我還不如現在就出去冒冒險。

我深深地吸了一口氣，將剩餘的小半盒火柴，小心藏了起來。我沒有任何食物，只好抓了幾把雪，在口中胡亂嚼着，吞了下去。

第六部

變成了妖怪

然後，我翻起衣領，冒着旋風，向外衝了出去。

當時，我就像是在進行一場賭博，我根本無法知道我會輸會贏，而當我走出了數十步之後，我又聽到了一陣隆隆的聲響。

我轉頭看去，看到大堆大堆的雪，自山坡上滾下來，那又是極其壯觀的奇景，但是我並沒有多佇足，我不斷地向前走着。

在那樣的情形下，我全然無法辨別前進的方向，我只能順着風勢走着，而風勢是在不斷變幻着的，是以不必多久，連我自己也不知身在何處了。

風勢愈來愈猛，雪也愈來愈大，我實在無法再向前走了，但還是勉力支撐着，最後，我從一個斜度很大的山坡上，直滾了下去。

滾到了那山坡下，我喘了一口氣，那裏有一塊很大的、直立的石頭擋着，風不是那麼猛烈，我勉力自雪堆中翻起身來，倚在大石坐着。

當我坐定了之後，我看到就在我身邊不遠處，有兩團積雪，竟然在緩緩地抖動着。

我揉了揉眼，手背上的雪花，揉進了眼中，使我的眼睛發出了一陣劇痛。

當我再定睛向前看去時，我肯定我未曾看錯，有兩團積雪在動。

我的第一個念頭是：那可能是雪下有着兩隻小動物，如果是的話，那我就獲救了，我高興得幾乎大聲叫了起來，忙向前撲去，先將那兩團雪球，壓在身下，那兩團雪球並沒有發出什麼掙扎。

然後，我迅速地扒開雪，我首先看到兩對眼睛，那兩對眼睛，也在一大團灰色茸毛之中，一看到了那兩對眼睛，我就陡地一呆。

因為，那無論如何，不是野獸的眼睛。

我連忙翻起身來，將雪迅速扒開，我看到兩個十歲左右的孩子，掙扎着爬起身來，他們站起之後又跌倒，倒在雪地之後，再也沒有力量站起身來，只是睜着他們烏溜溜的眼珠望着我。

這兩個可憐的孩子，一定是又凍又餓了。在那剎間，我似乎忘了自己也是又凍又餓，就在死亡的邊緣，我連忙將他們扶了起來。

他們的身上，都穿著獸皮衣服，戴着狐皮帽子，他們的手，凍得又紅又腫，我將他們扶了起來之後，已可以肯定他們一定是康巴族人的孩子。

我大聲問他們：「你們是怎麼一回事？」

那兩個孩子困難地搖着頭，看來他們已經衰弱得連說話的氣力也沒有。

在如今那樣的情形下，體力的過度消失，是一件最危險的事。

我握住了他們的手臂，大聲道：「我們不能耽在這裏，我們一定要走，你們一定要跟着我走，明白麼？」

那兩個孩子總算聽明白了我的話，他們點着頭，我拖着他們，向前走去，在開始的時候，他們根本不能走，只是我拖着他們在雪地上滑過。

我自己已經飢寒交迫，還要拖着兩個孩子向前走，那種疲乏和痛苦，實在令得我身內的每一根骨頭，像是都要斷裂一樣。

我好幾次想將那兩個孩子放棄算了。

但是，當我每一次有那樣的念頭時，我轉過頭去看他們，看到他們也在竭力掙扎着，是以又使我打消了放棄他們的念頭。

這兩個孩子在開始的時候，甚至連走動的能力都沒有，那一定是他們在雪地中停留得太久，全身都凍得發僵的緣故。

他們的年紀小，小得還不明白如何在雪地中求生存的最重要的一點，那就是不論你多麼疲乏，都要維持身體的活動，走也好，爬也好，總之要動，當你一停下來的時候，死神就開始來和你會晤了。

當我拖着這兩個孩子前進的時候，他們在竭力掙扎，是以，他們的活動能力，也在逐漸恢復，漸漸地，他們已可以自己走動了。而當我們在經過了一個山口的時候，凌厲的風，夾着雪片，向我們吹襲了過來，令得我們三個人，都不由自主，在雪地中打着滾。

我掙扎着站了起來，急於避開那山口的強風。

那兩個孩子，拉住了我的手，反要拖我向那山口走下去。

在那樣的風雪之中，我們是根本無法講話的，我只好搖着頭，同時伸手向前面指着，表示我們要繼續向前走，至少，要避開這個風口。

可是那兩個孩子卻十分固執，他們一定要向那山口走去，我心中惱怒起來，摔脫了他們的手，自顧自向前走去，他們卻又追了上來。

他們追着我，滾跌在地，我要十分艱難地才能轉過身，將他們扶了起來，當我扶起他們的時候，那兩個孩子向我大聲叫道：「向那邊去，那邊有庫庫！」

我大聲問道：「有什麼？」

「有庫庫！」他們回答着。

我呆了一呆，我不知道「庫庫」是什麼，他們指的，正是那個山口，從山口中捲出來的風，是如此強烈，我們如果要逆風走進山口去，幾乎是不可能的事。

但是，那兩個孩子在掙扎着站了起來之後，還是硬要拉着我向山口走去。

我暗嘆了一聲，雖然我不知道他們兩人口中的「庫庫」，究竟是什麼玩意，但是我卻也可以知道，他們那麼強烈地要求走進山口去，一定是有原因的。

這兩個孩子，當然不可能是外地來的，他們毫無疑問是康巴人的孩子。那也就是說，他們雖然是孩子，但是他們對當地地形的了解，一定還在我之上，那叫作「庫庫」的地方，可能對我們目前的處境，有所幫助。

是以我點了點頭，和他們一起向那山口走去。

剛才，我們在經過那個山口之際，是被從兩面峭壁夾着的強風，吹得滾跌出來的，這時，逆着風，俯着身，硬要走進那山口去，那種痛苦的經歷，怕只有長江上游的縴夫，才能夠領會得到。

我們的身子，幾乎彎得貼了地，我們被凍得麻木的手指，在雪中探索着，抓緊一切可供抓緊的東西，然後一寸寸地前進着。

而我們又不能將我們的身子，彎得太久，因為雪片捲過來，會將我們蓋住，如果我們的身子彎得太久，在我們的面前，便會堆起一大堆雪來。

我也完全無法知道我們究竟花了多少時間，在那樣的情形下，也根本想不到旁的事，只是拚命地，用盡了體內的每一分精力，和風雪搏鬥着。

我們好不容易掙扎到了山邊，在到了山邊之後，情形就好了許多。

我們可以抓住岩石的嶙角來穩住身體，不至被強風吹得身子打轉。

在我們又走出了一百多步之後，那兩個孩子，本來是一直抓住了我的衣服的，這時，他們突然鬆開了手，向一個很狹窄的山縫爬去。

我跟在他們的後面，一起擠進了那山縫。

才一擠進那個狹窄的山縫，我就覺得那兩個孩子，確然大有道理。

因為我聽得山縫的那一邊，傳來一陣「轟轟」的聲響，那是空氣急速流動所造成的迴音。

有這樣的迴音，那就表示，在那石縫裏面，有一個體積相當大的山洞。

我們三個人一起向前擠着，山縫中，風已沒有那麼大，只不過卻冷得令人發顫，那兩個孩子用發顫的聲音叫道：「我們找到庫庫了。」

我正想問他們，什麼叫作「庫庫」，但是我還沒有問出口，我便已經知道，「庫庫」究竟是什麼了。

我們已擠出了石縫，在我面前的，是一個相當大的山洞，那山洞中，堆着許多東西，有一張一張的獸皮，有乾柴枝，還有吊在洞頂上，一隻又一隻被風乾了的野獸。我明白了，「庫庫」是一個補給站的意思，有能使我們生存下去的一切。

當我看到了這一切的時候，我心中的快樂，實在是難以言喻，我也像是一個小孩子一樣，和他們拉着手，跳着、唱着，不斷在山洞中打着轉。

那只是一個山洞，但這個山洞，卻是真正的仙境了。

我很快就用火石打着了火，燃起了火堆來，然後，我們將一隻可能是獐子的獸體，放在火上烤着，當肉香四溢之際，我們爭着啃着那種堅硬的獸肉，讓汁水順着我們的口角流下來。

山洞中食物儲藏之豐富，足可以供我們兩個小孩子一個成人過上一年。

而我們當然不必在山洞中住上一年之久，暴風雪至多十天八天，就會過去，在暴風雪過去之後，我們就可以走出去了。

我在雪地中救了這兩個孩子，這兩個孩子又救了我。

這兩個孩子一定太疲倦了，當他們的口中，還塞滿着獸肉的時候，就已經睡着了。

我攤開了幾張獸皮，將他們抱到了獸皮之上，讓他們沉睡，然後，又在火堆上添上了不少枯枝，我也倒在獸皮上睡着了。

這大概是我有生以來，睡得最甜蜜的一覺，當我感到寒冷時，我知道那是火堆熄滅了，但是我卻仍然不願意醒過來，我將獸皮緊緊裹在身上，翻了一個身，又沉沉地睡了過去。

不知道睡了多久，我才醒來，火堆早已成了白色的灰燼了，那兩個孩子還在睡，我又燃起了火堆，然後，叫醒了那兩個孩子。

他們揉着眼，站了起來，我裹着獸皮，擠到了那山縫口，兜了一大堆雪回來，我們嚼着雪，啃着獸肉，在山洞中一連躲了四天。

到第五天，我們睡醒的時候，陽光映着積雪，反射進山洞來，使得山洞中格外明亮，暴風雪已經過去了，那兩個孩子歡呼着，擠出山縫去。

我也跟了出去，我跟在他們後面，他們顯然對這一帶的地形很熟悉，毫不猶豫地向前走着，而在走出了兩三里之後，我也認識路徑了。

那正是我第一次被康巴人圍住，作為俘虜，帶往他們營地的地方。

我自然知道，再向前去，就是晉美那一族人的營地，我想，我沒有必要再向前去了。

正當我打算叫住在前面奔跑的那兩個孩子，向他們話別之際，一隊康巴人已飛也似奔了過來，迅速地向我接近，而且，我也看出，帶頭的那個，正是晉美。

那兩個孩子，已奔進了那一隊康巴人之中，他們發出驚天動地的歡呼聲，兩個男人，將孩子抱了起來，孩子轉過身來，向我指着。

晉美也已帶着十來個人，向我奔了過來。

當那些人來到了我的面前之際，他們臉上的神情，像是看到了一具復活的殭屍一樣地古怪。

我向晉美揮了揮手：「真巧，我們又見面了。」

晉美絕對是一個勇士，可是他在聽了我的話之後，也足足呆了半晌才道：「你，你不是從石櫟上面，跌了下去麼？」

「是的！」我回答：「我會游水，所以僥倖得很，我沒有死。」

那時，那兩個孩子，已將其餘的人，引到了我的身前，兩個康巴人神情激動地對晉美道：「是他在雪地中救了我們族中的兩個孩子。」

晉美立時以一種異樣的眼光望着我。

他的那種眼光之中，是充滿了感激的神色。然後，那是突如其來的，他們所有的人，都向我湧了過來，抓住了我，將我向上拋了起來。

我第一次被他們圍住的時候，他們將我當成了敵人，但是這時，他們卻將我當作了恩人。

我被他們拋了又拋，然後，他們又擁着我，來到了他們的營地之中。

雖然我一再聲明，我不能久留，但是，我還是給他們硬留了兩天，臨走的時候，他們給了我很多乾糧，以及在雪地中行走必需的東西。

他們一直送我出來，直至我第一次被他們圍住的地方，他們才和我依依不捨地分手。

我繼續向前走着，當和他們在一起的時候，我幾乎已忘記了德拉了。

但是當我又開始一個人前進的時候，我又想起了德拉來，或者說，我又想起了德拉帶我到達的那個仙境來。就算我不是一個貪財的人，但是，那麼多的寶石和鑽石，無論如何，都是令人終身難忘的，我現在所在的地方，離得又不是太遠，我有足夠的糧食，可以支持我的來回，唯一的麻煩就是神智不正常的德拉，和他那一柄手槍。

我在一面考慮着，我是不是應該回到「仙境」去，一面，我仍然不停地在向前走着。

而我立即發現，我自己的考慮，是多麼可笑，因為我正是在向着那「仙境」所在的方向走着，在我的潛意識中，我已決定了要回到「仙境」去。

沒有什麼人是可以和他本身潛意識的決定違抗的，我也不再多作考慮，當天黃昏時分，我已經來到了那個奇異的山洞中。

我在山洞中休息了一會，因為我不知道德拉現在怎麼樣了。

德拉可能變得更瘋狂，他說不定一看到我，就會開槍射擊，我決定不能貿貿然就出現在他的面前。

所以，我決定到天色完全黑了，才穿過山洞去，看看他是不是還在，我離開他已有七八天了，在這七八天中，他也有可能已離開了仙境。

我這時的想法是：德拉所說的一切，全是不可靠的，他在看到了那麼多的黃金寶石之後，就將我趕走，獨吞仙境中的一切，我想他或者會在我之後，帶着他盡可能帶走的寶貝，離開了仙境。

想到這裏，我不禁苦笑了一下，因為如果是這樣的話，那麼，他也一定遇上了那場暴風雪。

他是不是有運氣避過那場暴風雪呢？

而如果他講的一切都是真的話，那麼他現在當然還在那遍地都是黃金、寶石的仙境之中，而他又沒有糧食，那可能他早已死了。

我在山洞中休息了好一會，直到山洞之中，漸漸變黑了，那些鐘乳石都反射出一種黯淡的、迷人的光輝來，我才慢慢地向山洞的深處走去。

經過了一段十分陰暗的山縫，當快走出那條狹窄的山縫時，心情不由自主緊張起來。我實在說不上為什麼會緊張，但在那時，我好像已有一種預兆，感到會有一點極其奇怪的事情，將會發生。

我在出口處停了下來，天色已經很黑，在黑暗中看來，仙境更是迷人，各種各樣的寶石，在黑暗之中，閃耀各種不同的光芒。鑽石自然是最易分辨的，東一塊西一塊，閃着高貴的、清冷的光芒的，就是鑽石了。

在仙境之中，黃金等於是泥土一樣，黯然無光，比不上任何寶石。

我停了下來之後，四周圍靜到了極點，甚至可以清晰地聽到我自己的心跳聲。

我的聲音並不是十分高，但是在靜得幾乎沒有任何聲音的情形下，聽來也十分突兀。我叫了一聲，沒有回音，又叫道：「德拉，我回來了！」

當我叫第二聲的時候，我已經不以為我會得到任何反應，我已料定德拉一定已盡他的可能帶着仙境中的珍寶離開這裏了。

可是，出乎意料之外的，在我第二次出聲之後，我卻聽到了在一塊大石之後，發出了一下極其奇異的聲音來。那聲音很難形容，最確切的形容，那聲音，聽來像是一下驢叫聲。

我呆了一呆，心中陡地升起了一股寒意。

然而，我卻決不是一個膽小的人，既然有了聲音，我就一定要向前去看個究竟。

我慢慢地向前走去，當我來到了那塊大石，約莫只有二十公尺的時候，我又聽到了接連兩下那樣的「驢叫」聲，令人毛髮直豎。

我不認為那是什麼野獸發出來的聲音，這時我離得那塊大石近了，而且，還接連聽到了兩下那樣的聲響，聽來好像是一個人在極度痛苦的掙扎之下，所發出來的絕望呻吟聲。

我忙道：「德拉，是你麼？你還在？」

我一面說，一面加快了腳步，可是，當我又向前走出了七八步之際，我陡地站住了。

在那一剎間，我看到在那塊大石之後，搖搖晃晃，站起了一個人來，那人像是喝醉了酒，他站了起來之後，像是站立不穩，身子向大石靠了一靠，又倒了下去，接着，又站了起來。

從那人站起來的身形高度來看，他正是德拉。

而且，從他的情形來看，他也毫無疑問，是在極度的痛苦之中。

所以，我只是略停了一停，便立時向前，奔了過去，想去將他扶住。

然而，當我奔到了大石之前，伸出手去，要去扶他的時候，這一次，我卻真正呆住了，我忽然之間，僵立在那裏，在我的喉嚨，發出了可怕的聲音來，我實在是僵住了，在那剎間，我只覺我自己的頭皮在牽動，在發麻！

天雖然已經黑了，但是，有一些星月微光，映着四面山峰上的積雪，以及地上各種寶石的光芒，眼前的光線相當柔和。

在那樣的情形下，我完全可以看清眼前的情形，而且我和那東西，只不過隔了一塊大石。我的雙手還向前伸着，我的手指離那東西，只不過幾寸。

我只說「那東西」，而不說德拉，實在是因為在石後搖晃不定站着的，並不是德拉。

那非但不是德拉，甚至不是一個人，我不知道那是什麼，所以只好稱之為「那東西」。它是略具人形的，可以說有一個頭，在那「頭」上，全是一個又一個透明錚亮大水泡。在那些大水泡之中，似乎還有許多液體在流動着，在那「頭」上，根本沒有五官。

那東西也不像有「手」，它的身體，好像是軟性的，可塑的東西一樣。怪物那樣搖搖晃晃地站着，當我看清了它的情形之後，我怎能不駭然欲絕？

我想縮回我的雙手來，但是我實在太駭然了，我絕料不到，我會看到這樣一個怪物，是以我根本連縮回手來的力道也沒有。

我就和那東西，那樣對峙着，直到那東西的身子，突然向前俯來，像是想將它那滿是水泡的頭，放在我的手上之際，我才怪叫了一聲，向後退去。

我實在退得太倉卒了，是以才退出了兩步，我便被一大塊黃金，絆跌在地上。而當我跌在地上之後，大塊的鑽石和寶石，令得我全身發痛，鑽石和寶石，居然也有那麼討厭的時候，是我再也想不到的。

我在跌倒在地之後，看到那怪物像是忽然發起怒來，它發出了接連幾下可怕的聲音，接着，它突然向前衝了過來。

在它的前面，有着一塊大石，那大石至少有幾噸重，可是當他向前發力衝來之際，那塊大石，卻突然翻跌了下來。

當那塊大石翻跌下來之後，我看到了那怪物的全身，它居然有兩隻腳，而且，它的兩隻腳上，還穿著和我一樣的登山鞋。

它在慢慢地向我走來，我在那一剎間，完全明白了，它不是什麼怪物，它就是德拉！

德拉變成了怪物！

在那剎那間，我不知想到了多少事，我想到，德拉所說的一切，全是真的。

黛變成了怪物，力大無窮的怪物，是以土王下令，將她射死，而現在，德拉也變成了怪物。

而德拉和黛，之所以全會變成怪物，都是因為他們曾接觸過那堆醜陋的、漆黑的東西之故。

當我想到這一切的時候，我仍然倒在地上，而那怪物，卻在漸漸向我移近。我又發出了一下怪叫聲，又向旁滾了開去，在我向旁滾開去的時候，地上那些可惡的寶石和鑽石，壓迫着我的肌肉，輾磨着我的骨頭，使我的全身，都痛得難以言喻。

我滾了幾滾之後，跳了起來，向外奔去。

那怪物像是十分憤怒，他不斷發出那種可怕的聲音，尚幸他移動的速度十分慢，是以它追不上我，當我來到了那個深坑的旁邊時，我略停了一停。

那時，已經有足夠的時間，讓我鎮定下來了，我大聲道：「德拉，你能說話麼？」

可憐的德拉，他已不能說話了。

他不斷地發出那種驢叫也似的聲音來，向我迫近，我只得沿着深坑，不住後退。

那怪物（德拉）竭力地在前進，也已逼到了坑邊，他移動得十分困難，他那時的情形，就像是一大堆受熱要熔化的橡皮，每向前走出一步，身子會矮上許多，然後，在又向前走來之際，身子又挺高起來，那情景實在是詭異到了極點。

我沿着那坑邊上，向後退着，一直退出了十來步，看來那怪物（德拉）已沒有那麼容易追上我了，我才大聲道：「德拉，你怎麼變成了那樣子，你還能說話麼？」

我由於心中十分驚恐，是以我的聲音，也變得異常地尖銳。

我希望德拉雖然變了形，但是還可以說話，那麼我就可以知道在它的身上究竟發生什麼事了。

但是，德拉顯然不能說話了，在他滿是大大小小水泡的頭部，發出了尖銳的，如同驢子受鞭打時發出的嗚叫一樣的聲音來。

從他突如其來，不斷地發出那種聲音這一點，我倒可以知道，他可以聽到我的話。

我的希望又增加了一些，我忙道：「如果你還可以聽到我的話，那麼，你別逼近我，你要知道，你……你現在的樣子很可怕。」

我的請求生效了，德拉果然停了下來。

當他停了下來之後，我至少又明白了一點，他的樣子，固然可怕到了極點，但是他對我，卻是沒有惡意的，他的身子拚命在左右搖擺。

看他的樣子，像是他的雙臂被繩索綑綁着，而他則在掙扎着將雙臂掙脫。

但是事實上，他根本已沒有了手臂，或者說，他的手臂，已經融化，和他的身子，黏在一起了，就像他是一個橡皮人，因為受熱而橡皮開始熔化一樣。

他的身子劇烈地搖擺着，眼看他要站不穩了，而他卻就站在坑邊。

我忙道：「德拉，小心掉下去！」

可是，當我出聲提醒他的時候，卻已經遲了，他的身子向下一側，向那坑中，掉了下去。

他掉下去時的情形，極其奇特，他的身子先向旁彎了下去，成了一個弓形，然後，才跌了下去。

我陡地一呆，聽到了「砰」地一聲響，我連忙向那深坑底下望去。那深坑的底下，全是黃金，黃金在月光之下，閃耀着一種奇異的光彩，德拉就跌在黃金之上，他伏着，一動也不動。

我自然想知道德拉是不是跌死了，但是我卻沒有勇氣攀坑下去看個究竟。

我站在坑邊上，在那剎間，我的心中，實在亂到了極點，因為我根本無法想像，這一切究竟是如何發生的，如果說，德拉只不過是因為曾撫摸過那黑褐色的、石塊一樣的東西，身體就會起變化，那麼……

我的身子，多少有點僵硬，我慢慢轉過身，向那堆東西看去。

在那麼多的黃金、鑽石和寶石之中，那堆東西，看來的確是極其醜惡的，它像是一堆古怪嶙峋的石塊，但是它何以會蘊藏有那麼怪異的力量？

我再回頭來，德拉仍然伏在在坑底下不動，我慢慢向那堆東西走去，但是來到了那堆東西，還有五六步的時候，我即停了下來。

老實說，如果一碰到那堆東西，就會立即死亡的話，或者我還會冒着死亡的危險去試一下，我和德拉到這種地方來，本來就是一種冒死的行動。

但是，碰到了那東西，卻不是死亡，而是會變成那麼可怕的怪物，那實在使人不寒而慄，再也不敢接近那東西半步。

我又呆立好久，才慢慢退開。

那時，我的心中，實在是亂到了極點，照說，現在德拉多半已經跌死了，世界上只有我一個人，知道有這個充滿了寶石的仙境的存在，我可以盡我的力量，將最好的鑽石和寶石帶走。

我不必另外用什麼裝載工具，只要將我的口袋塞滿就行了，那樣，當我回到文明世界的時候，我就是一等一的巨富了。但是當時，我卻一點也沒有想到那樣做。

寶石的光芒，固然極其誘人，但是生命的奧秘，卻更加誘人，我一面在慢慢向後退着，一面不斷在想的只是：為什麼德拉會變成了怪物？

德拉變成了怪物，照德拉所說，他的妻子黛也變成了怪物，而且，在變成了怪物之後，力大無窮，這一點，德拉和黛，顯然也一樣。

因為德拉曾推倒了一塊大石，那塊大石，至少有好幾噸重。

我一想到這裏，又向那塊大石看去，我立時看到，在大石的旁邊，有一本簿子，那是一本小小的記事簿，在那本簿子旁邊，還有着一枝筆。

我心中陡地一動，連忙向前走去，來到了那本簿子之旁，我又呆立了一會，然後才俯身將那本簿子，拾了起來，我在那塊大石上坐下，打開了簿子。

簿子上的字寫得很大，有時一頁上，只寫了兩三個字，而且寫得很潦草，我仔細地看，一頁又一頁翻過去，我花了大約一小時，才看完了簿中記載着的一切，然後，我又坐在石上發怔。

簿子中寫的，全是在我離開之後的情形，德拉將他這些日子中的變化，全記了下來。

德拉的記載很簡單，而且到後來，有些字迹，簡直是無法辨認的，但是我還是弄清楚了大致的情形，我從簿子中的記載，知道德拉自己也知道自己的身體，在發生着可怕的變化。

在開始的幾天，他只是暈眩，然後，就全身發熱，接着，他形容自己的情形是「融化」了。

對於他使用的這個字眼，我也有同感，因為我確實感到他的身子，像是「融化」。

德拉自然無法看到自己頭部所發生的變化，因為他沒有鏡子，他只是知道他的身體發生了變化，而在他的記載中，他又一再強調，他的身體所起的變化，是和他妻子一樣的。

他這樣記述着：「我漸漸變得可怕了，但是我也變得和黛一樣了。」

我看完了他簿子中的記載，腦中更是紊亂，我又呆了片刻，才再到那坑邊，向下看了一下。

德拉仍然伏在坑底的黃金之上，和他才跌下去的情形一樣，他顯然已經死了。

當我又看到了那種可怖的情形之後，我的全身，突然起了一陣難以形容的戰慄感，我突然疾奔了出去。

我擠進了那石縫，在石縫中拚命擠着，也顧不得尖銳的石角，擦得我發痛。

我回到了那奇妙的山洞之中，而且，我也不在那山洞中久留，我帶了我留在山洞的東西，又急急爬出了山洞，在雪地中間向前奔着。

在雪地中奔出了很遠，才摔倒在雪地上，我在積雪中打了幾個滾，撐着身子坐了起來。

我在不住地喘着氣，連我自己也不明白，這時候那樣急速地喘着氣，是因為剛才不停地在雪地上疾奔，還是因為心頭的害怕。

也直到這時候，我才想到，我離開了那「仙境」，什麼也沒有帶出來。

我苦笑了一下，我之所以會苦笑，是因為我已根本沒有再回到那「仙境」的打算，雖然我離那「仙境」如此之近，在那裏有着那麼多令人着迷的寶石，但是我卻再也不想回去了。

我很少在心中，產生過那樣的恐懼感，然而，在看了德拉記載在那簿子上的經過之後，恐懼卻已深深地盤踞在我的心中。

我沒有勇氣再多看一眼德拉那種可怕的情形！

我休息了片刻，又繼續向前走着，我並不後悔我未曾從仙境中帶出任何東西來，我只是不斷地在對自己說：希望我不要變成怪物，千萬不要。或許是由於心頭的恐懼，也或許是由於我急急在趕着路，我身上不斷地在出着汗，那使我有一種黏黏的感覺。

有了那種黏黏的感覺時，我吃驚地大叫了起來，直到我將手放在眼前，清清楚楚看到了我的五隻手指，仍然分開着，而不是黏在一起了，我才停止了叫聲。

我抓了一把雪，在臉上擦着，那樣，可以使得我略為清醒些。

我好像覺得我自己有點頭暈，而感到暈眩，那正是發生變化前的一種感覺，那又令得我悲哀地在雪地中坐了下來，全身發顫。

我坐了很久，才又起來趕路，一直到天明，才發現感到頭暈，可能是因為我太疲倦了，但是我又不想休息，我繼續向前走着。

在山中足足走了三天，才來到了一個村子之中，那裏，已是遮龐土王以前的屬地了。

村中的人，借給我一頭瘦象，我騎在象背上，繼續趕路，從那一刻起，我才感到自己又回到了人世間，我又看到了人，而且，那些人看到了我並不吃驚，可見我沒有起變化。

然而，當我第一次有機會照鏡子的時候，我還是拿着鏡子，仔細地端詳着自己的臉。

第七部

強力的輻射力量

謝天謝地，我除了精神顯得極度憔悴之外，並沒有什麼特別的變化，我用力按着自己的皮膚，也不見得有什麼異狀。

直到這時，我才完全放下心。在到達第一個市鎮之後，便立即找了一輛汽車，趕到最近的機場，然後，乘飛機到了加爾各答。

我當然必須休息一下，所以一下飛機，就到了當地的一個第一流的大酒店。印度是世界上貧富最極端的地方，窮的人，那種窮法，無法想像，而富有的人，那種窮奢極侈的享受，也是難以想像的。

在第一流的大酒店中，可以得到世界上最好的享受，我進了房間之後，先舒舒服服地洗了一個澡，然後，提起那套在雪地中打過滾，在湍流中浸過水的衣服，準備將它拋去。

但是，就在我提起衣服來的時候，「啪」地一聲，自袴腳的摺中，跌下了一塊寶石來。

那是一塊綠寶石，大約有大拇指大小，呈斜方的菱形結晶，在燈光之下，它發出那樣動人的光彩，以至在它周圍的，乳白色的地氈，也呈現出一片迷人的翠綠。

它可以說是完美無疵的，當我將它湊近眼前的時候，透過它看出去，所有的一切，全是深碧色的，像是在一個夢境中一樣。

我呆了半晌，這顆綠寶石，自然是我從那「仙境」之中，無意中帶出來的。這顆綠寶石，在那個仙境之中，可能絕不起眼，但是現在拈着它，我的手也不禁在微微發抖。

我呆了好久，才將它放進了衣袋之中，又呆坐了一會。然後，才吩咐侍者，送來了豐富的一餐，當侍者在收拾餐具時，我向他要了一個市內最高貴珠寶店的地址。

當然，那毫無疑問，是為了一顆綠寶石。

我繼而一想，對於那麼多的寶石和鑽石，集中在一個地方，這件事，如何才能解釋呢？所以，我想將這顆綠寶石，交給有資格的珠寶商，去檢定一下。

當我走出酒店的時候，正是天色將黑的時分，酒店門口的街車，將我直送到了珠寶店的門口，我推門走進那珠寶店去。

那的確是一間第一流的珠寶店。

我才一推門進去，就有一個穿著印度傳統服裝的美女，向我笑殷殷地走了過來。

接着，便是一個中年人，向我十分有禮貌地鞠躬，我在店堂中看了一下，有幾個店員，正在對着幾個貴婦，展示着一盤鑽石。

我向那中年男人道：「我有一塊綠寶石，我想將它割成四塊，不知道你們是不是做得到？」

那中年人滿面堆笑：「可以，當然可以。」

他將我帶到一組沙發之前，和我相對，坐了下來，我將那顆綠寶石，自袋中取了出來，托在手上，在那剎間，我看到那中年人陡地吃了一驚。

別說那中年人吃了一驚，連我自己，也陡地一怔，因為我攤開着手，將那顆綠寶石托在掌心，我的掌心，有一大半也成了碧綠色。

那中年人甚至還發出了一下低呼聲，怔怔地望定了我的手心。

而他的低呼聲，也吸引了旁人的注意，一時之間，幾乎所有的店員，都將他們的視線，集中到我的手上來，那種情形，使我略感不安。

店堂中本來就很靜，等到每一個人的視線，都集中在我的手上之後，更是靜得出奇，那兩個正在選購鑽石的婦人最先開腔，她們用一種驚嘆的聲調低呼道：「啊，多麼美麗的寶石！」

坐在我對面的那中年人，手在發着抖，他一面伸出手來，一面望着我：「我……我可以看看它？」

他在我的掌心中，將那顆綠寶石取了過去，在他握住了那顆寶石之後，他的手，抖得更劇烈，以致他自口袋中取出來的放大鏡，也跌到了地上。

我將放大鏡拾了起來，他向我抱歉地一笑：「對不起，我實在太緊張了！」

我道：「我以為貴店是一家大珠寶店。」

他忙道：「是，當然是，我們可以說是亞洲寶石的中心，但是，我也可以說，在這以前，先生，我未曾見過那麼美麗的寶石。」

我感到很高興。

那中年人看來，是一個十分有經驗的珠寶商人，他那樣說，這就證明我從「仙境」中，無意之間帶出來的那塊寶石，的確是一件了不起的東西。

那時，有幾個店員，向我們坐着的地方，圍了過來，可是那中年人卻揮手，令他們走開去。然後，他將那顆綠寶石，放在放大鏡下，轉動着，仔細地觀察着，他看了足足有十分鐘之久。

我幾乎有點不耐煩了，他才站起身來，長長地吁了一口氣：「太美麗了，先生，它是完整無疵的，先生，我甚至願意用整家店子，來換你這塊寶石。」

那中年人竟講出了那樣的話來，這不覺令我吃了一驚，我道：「你或許對它的價值，估計錯誤了吧！」

「絕不會，」那中年男人充滿了自信心地說：「而且，你犯了一個錯誤，先生！」

「我犯了一個錯誤？」我有點奇怪。

他拈着那顆綠寶石，送到了我的面前，在我的眼前，立時泛起了一片碧光，我不知道他此舉是什麼用意，是以我只是望定了他。

他道：「你稱它為什麼？」

我對珠寶的認識，也不算少，這是一顆綠寶石，難道我還會認不出來麼？所以，我立時道：「這當然是一顆綠寶石，不是麼？」

那中年人卻緩緩地搖着頭，他的臉上，現出十分莊嚴的神色來，道：「你錯了，先生，這不是綠寶石，這是一顆鑽石。」

「鑽石？」我幾乎驚叫起來。

「是的，獨一無二的，綠色的鑽石，我敢肯定，世界上僅此一顆，鑽石有粉紅色的，有淺綠色的，也有淺紫色的，但是那樣碧綠的鑽石，世界上僅此一顆。」

我呆了半晌，當我聽得他一再強調「世界上僅此一顆」時，我實在有好笑之感。

這顆綠寶石——就算它是綠色的鑽石吧，在這裏看來，是如此出色，但是在「仙境」中，它如果能引起人家的注意，那才是怪事，在「仙境」，只要你一俯身，隨便在地上抓一把，就可以抓起十塊八塊那樣的寶石來。

當然，我並沒有將這一切講出來，我只是道：「它是一顆鑽石，我倒未曾想到這一點。」

那中年人道：「如果不耽擱你的話，我可以用儀器來證明我的觀察，先生，我用精密儀器來測定它的硬度，測定它的折光率，證明那是一顆鑽石，你有時間麼？」

我忙道：「有，我很希望你能證明這一點。」

同時，我心中的好奇心，也到了極點，鑽石確有浮現在地面上的機會，這顆如果是綠色的鑽石，那麼，在「仙境」中，被我認為是紅寶石的，可能是紅色的鑽石，那種濃黃色的，就可能是黃色的鑽石，為什麼會有這麼多鑽石，浮在地面？

我想，為什麼全世界，單獨在那地方，鑽石會呈現各種各樣的顏色？

我心中在疑惑着，那中年人已站了起來，我也跟着站起，那中年人將這顆綠色的鑽石還了給我：「請你拿着它，請跟我來。」

當我跟着那中年人，進入一扇有着美麗的浮雕的門時，我仍然感到店中的每一個人，都在望着我，那中年人將我帶進了一間佈置得十分豪華的房間之中，但是我們在那房間中，並沒有停留多久，他又推開了一扇門，道：「請進來。」

我又從那扇門中走了進去，我看到，那是一間較小的房間，在那房間中，有着一張長案，壁間和桌上，是許多儀器。那中年人道：「我們通常都在這裏檢定各種鑽石、寶石的品質，全世界只有三家店子有我們這樣的設備，另外兩家，在荷蘭的阿姆斯特丹。」

我點頭道：「我知道，那是世界鑽石買賣的中心。」

那中年人向我伸出手來，我將那顆綠色的鑽石，交到了他的手中。

他開始利用各種儀器，來測定我這塊鑽石。他工作了足足半小時，不斷地記錄着測定的結果。最後，他抬起頭來，在他的額上，滿佈着汗珠，他吁了一口氣：「先生，已經毫無疑問了。」

他撕下一張紙，遞到了我的面前。

那張紙上，記錄着他測定的結果，我只看了看他記錄下來的硬度和折光率，便也可以肯定，那是鑽石。除了鑽石之外，世上決不會有同樣的礦物，具有這一切優點。

我抬起頭來：「看來你的觀察是正確的。」

那中年人一面抹着汗，一面道：「當然是，如果你知道了這是什麼，還想將它割切開來的話，那麼，這可以說是最愚蠢的決定了。」

他的神情多少有點激動，我來回走了幾步，在一張椅子上，坐了下來：「那麼，你認為它究竟價值多少？」

「那是無可估計的，因為世界上只有獨一無二的一顆，它如果放在國際珠寶市場上拍賣，所得的價錢，是無可估計的。」

那中年人説着，直來到了我的面前，盯着我：「恕我問你一個問題。」

我點頭道：「請説？」

他一字一頓地道：「你是從哪裏得到這鑽石的？」

我攤了攤手：「一個很偶然的機會，我不妨老實告訴你，我是拾到的。」

那中年人雙手互握着，他一定握得十分用力，因為如果不是那樣，他的手指骨節，便不會發出「啪啪」的聲響來，他道：「拾到的？你運氣實在太好了！」

我道：「以你閣下對鑽石的認識而論，你能說出為什麼鑽石有綠色的麼？」

那中年人在我的對面坐了下來，他皺着眉，道：「鑽石變色的原因很多，真正的原因，到現在還找不出來，但有一點倒是可以肯定的，那就是和強烈的輻射有關。」

我用心地聽着，突然之間，我的身子震動了一下，強烈的輻射。

我想起了德拉！

德拉在臨死之際，變得那麼恐怖，當時，我看到德拉的那種情形，就有一個模糊的聯想，可是那時，我心中實在太慌亂了，根本不及去細想一下。

直到此際，我聽得那中年人提起了「強烈的輻射」，我才陡地想了起來，我在看到了德拉之後，所聯想到的是什麼了。

我那時聯想到的，是廣島在經過了原子彈轟炸之後，僥倖生存的一些人，因為受了嚴重的輻射灼傷之後，所變成的可怖的形狀。

那些人並沒有立時死去，但是他們也沒有活了多久，他們是受盡了痛苦而死的。由於嚴重的輻射傷害，他們的皮膚和肌肉組織，起了根本的變化，形成了可怕的潰瘍。

我自然沒有親眼看見過那樣的傷害，但是卻看到過很多那樣傷者的圖。

那些圖片，展示着核子武器是何等的醜惡和可怖，控訴着人類文化的畸形發展，反而給人類帶來了多麼大的禍害，使人印象深刻，永久難忘。

而德拉的情形，正和這些人相仿，或者說，比這些人更嚴重，那麼，他是不是受了嚴重的輻射力量的傷害呢？如果是的話，那麼，毫無疑問，那堆漆黑的東西，一定是輻射性極強烈的東西，是以才會一經過觸摸它，人體的組織就起了變化，變成了「怪物」！

當我想到這一點的時候，我的心中，實在是駭然到了極點。

我雖然未曾碰過那堆東西，但是我卻離得那堆東西很近，那麼，我是不是也沾染了輻射呢？

如果是的話，那麼，縱使暫時，我未曾發生變化，日久總是要發作的。我突然站了起來，那中年人望着我：「先生，如果你有意出售這塊鑽石，讓我們合作，我作你經理人。」

我的心中十分亂，是以直到那中年人說了兩遍，我才聽清楚他在講些什麼，我還沒有回答他，他又急急地道：「我並不是想獲得金錢，我只是想到榮譽，先生，這是世上唯一的一顆綠色的鑽石，我希望自己的名字，能和它聯在一起。」

我望着他，點頭道：「可以的，但是我必須將這顆鑽石，再送去檢驗一下，我的意思，去檢查一下，它是不是含有過量的輻射。」

「輻射？」那中年人怔了一怔，「鑽石和輻射，又有什麼特別的關係？」

我苦笑了一下，道：「這期間的經過很複雜，我也無法向你詳細說明，我答應你就是了。」

那中年人急急地道：「先生，你住在什麼地方，可以留一個地址給我？」

我已經在門口走去，那時，我所想的，和他所想的，全然是兩件事。我在想，那綠色的鑽石，是從何而來？為什麼會有那麼多鑽石出現在那地方，為什麼那裏會有一堆含有強烈輻射性的東西？

而那中年人在想的，卻只是這顆綠色的鑽石，可以值多少錢，可以替他帶來多大的名氣。

我實在沒有興趣和他說下去，是以我到了門口，就拉開了門，向外走去。直到我走出了一步，我才想起，我應該向他說聲再見。

我轉過身來，看到他正站在辦公桌前，按下了對講機的掣，對講機中傳出一個聲音，道：「有什麼吩咐？」

我就在那時候，道：「再見。」

那中年人的神色，像是十分吃驚，他忙道：「好的，再見！」

我沒有再去留意那中年人在做什麼，因為我急於離去，我關上了門，獨自走出了店堂，剛才在店堂中選購鑽石的那兩個婦人還在，她們看到了我，向我迎了上來，像是想對我說些什麼。

但是我卻實在不想去理會她們，我急急地走到了門口，推開門，就向外走去。

我一直來到街角口，才停了一停。

那時，我腦中仍然十分紊亂，不知道我自己是不是受了過量的輻射傷害，我也無法知道，現在在口袋中的那顆綠色的鑽石，如果繼續擁有它，是不是會造成傷害。

而我必須弄清這一點，也就是說，我必須到一個有可以測量輻射的儀器的地方。

我現在是在加爾各答，最近的，我最快可以到達的輻射測量定儀，是在什麼地方？他們是不是肯對一個說不出理由來的人，進行試驗？

我停了並沒有多久，便低着頭，匆匆向前走去。由於我的心緒實在太亂了，是以我根本沒有留意到周圍的事，直到我聽到，有一些腳步聲離得我實在太近而站定身子時，卻已經太遲了。

我的後腦上，受了重重的一擊！

那一擊，令得我的眼前，剎那之間，迸出了無數五顏六色的幻象來，我也看到有兩個人，自我的面前，疾撲了過來。

而幾乎是在我的後腦，受到重重一擊的同時，我的頸已被緊緊箍住。

如果說我在那樣的情形下，還能夠去想我是遇到了什麼事，那是不真實的，在那一剎間，我的一切動作，可以說全是下意識的本能。

我的雙臂向後一縮，肘部向後撞去，同時，我雙腳一起向前踢出。

我還可以看到，向我撲來的兩個人，被我踢中了胸口，身子向後倒了下去，而就在那時，我的頭上，又受了第二下重擊。

我覺得天旋地轉起來，但是我還是掙扎着，在掙扎中，我的外衣被撕裂，襯衣也撕破了，我用力掙開了箍住我頸子的那條手臂，再抓住那條手臂，用力將一個人，摔得向前跌了出去。

那被我摔出去的人，好像壓在另外一個人的身上，但是我卻也無暇去察看他們的情形了，我在身上一鬆之後，便立時跌跌撞撞，向前奔着。

我那時的情形，就像是喝了過量的酒一樣，一面在向前奔，一面只覺天旋地轉，兩旁的房屋，像是隨時隨地可以倒塌，向我壓下來一樣。

我這才發現，我是在一條巷子之中。

我向前奔出了十來步，終於一個踉蹌，向前跌了出去，我的肚子，或者曾被人打了幾拳，所以我有要嘔吐的感覺，我伸手扶住了電線桿，低着頭。

就在那時候，「啪」地一聲，那顆綠色的鑽石，跌在地上。

我連忙伸手去拾那塊鑽石，可是我的手卻發抖，我已經碰到了那塊鑽石，但是我卻無法將它抓住，只是將那顆鑽石，弄得在地上移來移去，突然間，鑽石消失不見了，我的手指，也不見了。

當我一看到我自己的手指不見了時，我陡地嚇了一大跳，登時之間，出了一身冷汗，我還以為，我已步了德拉的後塵，開始變怪物了。

那一陣極度的驚恐，令得我兩番受了重擊的腦子，多少清醒了些，我連忙將手伸到了眼前。可是，當我的手到了眼前，我卻清清楚楚看到，我手上的五隻手指全在，一隻也並沒有少去。

我又將手放到地上，手指又不見了。

直到我的手指再次「不見」，我才定了定神，這才看到，我的手指之所以不見，是因為我的手，伸進了路邊陰溝蓋的鐵柵之中！

那裏，正是一個陰溝的入水處，而我的那顆鑽石，已掉進陰溝去了。

我陡地一呆，掙扎着站了起來，這時，我已聽到我的身後，傳來了喧嘩的人聲，我已經清醒了許多，我知道，我已失去了那顆綠色的鑽石。

而如果我再不走的話，我可能還會惹上許多的麻煩，我已不想追究是誰來襲擊我的了，我連忙向前，疾奔了出去，奔出了那巷子。

我奔過了好幾條街道，才又來到了一條大路上，截住了一輛街車，回到了酒店。

到了酒店之後，我將頭浸在冷水中，當我的頭浸在冷水中的時候，我立時想到了那珠寶公司主人，在我離開時的那種奇異的神情。

我想，那些襲擊我的人，一定就是他派出來的，他看了我那顆綠色的鑽石，又聽說我要離開，就生了歹心，想來奪取我的鑽石。

我將頭從冷水中抬起來，摸了摸後腦，腫起了兩塊，摸上去很痛。

這樣的兩個腫塊，本來決不是什麼重要的傷害，但是卻使我的心中，極其不舒服，因為它們使我想起德拉在變了形之後的那些大水泡。

當晚，我倒在牀上，幾乎一夜未曾合眼，第二天一早，我又來到了那珠寶公司的門口，珠寶公司還沒有開門，我竭力記憶我昨天走過的地方，終於，來到了我被襲擊的那條巷子中。

而且，並不用多久，我也找到了那個陰溝口，有一個老年人，正在那電燈桿之旁，懶懶地靠着，我走到了那老年人的身邊，道：「老先生，如果我掉了一個銀元在這陰溝中，可以找得回來麼？」

那老年人望了望我，搖着頭：「當然找不回來了，這下水道，是直通到呼格里河去的。」

我呆了一呆，道：「下水道中的水流急到沖走銀元？」

那老年人笑了起來：「你自己聽聽。」

我彎下身，側着頭，已經可以聽到，下水道中水流湍息的嘩嘩聲，我不禁苦笑了起來，那顆綠色的鑽石，在隔了一夜之後，自然早被沖到了呼格里河之中，而流過加爾各答市區的呼格里河，河底的污泥之多是出名的，而就算不陷在河底的污泥中，也一定被沖到了恆河，說不定，已經被沖到印度洋去了。

自然，從此以後，再也沒有什麼人找得到它了。

我聳了聳肩，這顆綠色的鑽石，對別人來說，或者是價值連城的東西，但是對我而言，卻實在不算是什麼，因為我曾到過那仙境，而且，我還記得到仙境去的路途，在仙境中，這樣的鑽石，多得可以用火車來載送！

我沒有再停留，就回到了酒店中，先訂了機票，蒙着頭，直睡到了天黑，才離開了這個城市，幾天之後，我已經身在美國了。

在那幾天中，我後腦上的傷塊，已漸漸平復，我找到了一個美國從事核子反應研究的朋友，要他替我檢查一下，他雖然奇怪，但還是答應了我。

而在經過了檢查之後，我卻並沒有沾惹到什麼輻射。當天晚上，我和他詳談，我將德拉身體組織起變化的情形告訴他。他聽了之後，「呵呵」大笑道：「你腦子中古靈精怪的東西，什麼時候才想得完？」

我忙道：「那不是我想出來的，是真的。」

那位朋友望了我片刻，直到肯定我不是在開玩笑，他才道：「照你所說的情形看來，那個印度人，倒真是受到了極度的輻射灼傷，但是，直到目前為止，地球上還沒有什麼物質，能發出那麼大的輻射能量來。」

我聽了他這句話，陡地站了起來。

在那剎間，我心中陡地一亮，我想到了！

地球上沒有什麼物質能放射如此強的輻射能量，地球上也決不會有綠色的鑽石，更不會有那麼多的純黃金，和暴露在地面上的紅寶石。

那不是地球上的東西。

不是地球上的東西，又怎會在地球上呢？有可能是一顆隕石所造成的？

天體中的一顆星，以極高的速度撞向地球，在經過大氣層的時候，一切東西都摩擦生熱，而成為氣體，但是鑽石和黃金卻保留了下來，那能放出類似輻射能量的物質，也保留了下來。

那不知是什麼時候的事了，可能已有幾萬萬年，它們卻一直在山谷中，只有三個人到過那裏，而現在，只有我一個人還生存着。

這是唯一的解釋了，那些鑽石、黃金，一定來自外太空，決不可能是地球本身的東西。

那位朋友一直望着我，但是我卻已轉變了話題：「這裏附近，哪一個海灘的沙最美麗？」

之後，我未曾再隨便向人提起過那個「仙境」。這實在是一件很難做得到的事，因為「仙境」中的一切，實在太誘惑人了。

可是我發現，每逢當我向人提起這件事的時候，聽到我講述這件事的人，反應不外乎兩種，一種是笑瞇瞇地望着我：「你的想像力實在太豐富了！」另一種則興致勃勃地道：「那是真的？如果是真的話，我們為什麼不去？只要帶一顆綠色的鑽石出來，我們就是巨富了。」

在別人而言，可能很難想得通我為什麼不再到那仙境去，但是我自己而言，那卻是再也明白不過的事情了，因為我實在不想再看到德拉那種可怕的樣子。德拉在死了以後，或許繼續在變化，但是會變得更恐怖。

只有一次，一位原子物理專家，在聽了我的敍述之後，道：「你的推測不怎麼可靠，如果是強烈的輻射能，根本不需觸摸，就會沾染了。」

我也承認他的話是對的，但是他所說的是地球上有輻射性的物質，其他天體上的輻射性物質也是如此麼？

那就誰也不知道了！

（全文完）

奇玉

第一部

世界上最好的翠玉

這件事發生在很久之前，那時候，我還很年輕，十分好動，有一些事情，分明不是自己能力所能做到的，卻也硬要去做，以致最終失敗。如今要記述的這件事就是了。

那是一個天氣反常的初春。暖和得幾乎和夏天一樣，我和幾個朋友約定，準備乘遊艇到離我那時居住的城市的外島去採集松樹的樹根，揀奇形怪狀的回來作盆景，所以一早，我便已帶齊了工具，出了門口。我剛出門口，一輛極其華貴的貴族型的汽車，在我的身邊停了下來。

那個穿制服的司機差點沒將我撞死，但是卻連一句道歉的話也沒有，只是瞪了我一眼，便下了車。打開了車門，一個穿著長袍，五十歲左右的紳士，走了出來。那紳士走了出來之後，拄着拐杖，站定了身子，抬頭向上望了一眼。他望的正是我的屋子，而他的臉上，現出了一種不屑的神情來。

憑良心說，我住的房子，是上下兩層的小花園洋房，那絕不算差的了，而他居然這樣看不起，那不問可知，他一定是富豪之士了。

他望了一眼，走向前去，用拐杖的杖尖去按鈴。我不等他去按電鈴，就一步跨了過去：「請問你要找什麼人？」

那紳士傲然地望着我：「你是什麼人？我要找你的主人。」

我冷笑了一下：「到目前為止，我還沒有主人。」那紳士又伸起手杖去按電鈴，我一伸手，握住了他的手杖：「別按了，這屋子中除了我一個人之外，沒有別人在，你要找的一定是我了。」

那紳士以一種奇異的眼光望着我，「噢噢」地哼着：「你——就是衛斯理——先生？」

他那「先生」兩個字說得十分勉強，我心中不禁有氣：「不錯，我就是衛斯理先生！」我特地將「先生」兩字，聲音說得特別重。

那紳士有些尷尬，他從懷中取出了一個法國黑鱷魚皮夾子，在取出皮夾的時候，露出了他手腕上的白金表，這位紳士的一切，都在表明着他豪富的身分。他打開皮夾，拿出了一張名片來，道：「衛先生，是周先生，周知棠先生介紹我來見你的。」

我聽到了周知棠的名字，精神不禁為之一振，他是我的一位父執，是我相當佩服的一個人。

我接過了名片，上面有着周知棠的幾行字：「介紹熊勤魚先生來見你，他有一件你一定有興趣的事要煩你，希洽。」

我實在不喜歡這位熊勤魚先生，但是他的名字，我卻是如雷貫耳了。

他不但是這個城市的富豪，而且他的富名，遠達數千里以外的許多城市。

熊勤魚有着數不清的銜頭，擔任着數不清的職務，這樣的一個人，為什麼要來找我呢？光是這一個問題，已足以引起我的興趣了。

我立即放棄了去採集古松的念頭，用鑰匙打開了門：「熊先生，請進來。」

熊勤魚跟着我走了進去，在客廳中坐下，坐了下來之後，他卻又好一會不出聲。我忍不住問道：「熊先生，究竟有何指教？」

熊勤魚的神態，已不如剛才那樣倨傲，他期期艾艾：「我……有一件事想麻煩閣下，但是……衛先生你卻絕不能泄露我們兩人之間的談話，而且也不能將這件事向任何人提起。」

我心中的不快又增加了幾分：「你有什麼話要說，只管說好了。」

我相信熊勤魚一生之中，從來也未曾受過這樣不客氣的苛責，他神色極之尷尬：「是……是……衛先生，我是想請你尋找一樣失去了的東西。」

我不禁大失所望，因為我所期待的，是一件十分複雜，十分離奇的事情，唯有那樣的事情，才能得到解決困難的無限樂趣。而熊勤魚卻只不過要我去尋找失物。

這種事情，我非但不會有興趣，而且這種事找到我頭上來，對我簡直是一種侮辱。

我站了起來：「對不起，熊先生，我不能去幫你尋找失物，你找錯人了，請你回去吧。」

熊勤魚也站了起來，失聲道：「可是我所謂失物，是一塊稀世翠玉，十六年前，國際珠寶集團對它的估價，便已經達到三百萬英鎊。」

我冷冷地道：「錢嚇不倒我的，先生。」

熊勤魚道：「可是這是一塊世界上最好的翡翠，自從有翡翠以來，沒有一塊比得上它。」

其實，熊勤魚不必饒舌，我也知道這塊翡翠的來歷。這的確是一塊最好的翡翠——我沒有見過它的實物，但是卻見過它的圖片和描寫它的文字。

那塊翡翠，熊家的上代是如何得來的，是一個謎。有的人說，熊家的上代曾跟左宗棠平定過西域，那塊翡翠是從西域得來的。也有人說，那是熊家上代破了太平天國的天京，從天王府中搜出來的。更有人說，熊家的上代，原是和珅手下的一個跑腿的，在「跌倒和珅，吃飽嘉慶」一事中，他趁亂在和珅府中偷出來的。

種種傳說，不一而足，但似乎都無關宏旨，要緊的是，熊家在清朝時，便已聲勢顯赫，家族之中，做過封疆大吏的有好幾個人。

只不過那時，熊家的人絕不透露珍藏着這樣的一塊翠玉，因為說不定皇帝老爺一個高興，要「查看」一下，那就麻煩了。

一直到了民國初年，熊家已遷往上海，在一次法國公使的招待會上，當時熊家的家長——也就是熊勤魚的父親，大概喝多了幾杯，要不然就是與會上的法國女子太迷人，他竟透露了這翠玉的秘密。

於是，這塊奇異而價值連城的翡翠，才開始為世人所知，但是前後見過這塊翡翠的人，卻也只不過七八個，最後見到的是一個美國流氓，這個流氓就在中國，憑藉着洋人的身分，招搖撞騙，地位混得極高，他在看到那塊翡翠的時候，用間諜用的照相機拍下了一張照片，並且寫了一篇十分詳細的文章，介紹這塊翡翠。

根據這篇文章的記載，這塊翡翠是真正的「透水綠」，也就是說，通體是不深不淡的翠綠色，高三點六五公分，寬七公分，長十七點二公分，是長方形的一塊。當時，國際珠寶集團的估價是三百萬英鎊。

那是當時的價格，如今，這樣的翡翠十分稀少，而需求甚多，一隻橢圓形的戒指面，往往便可以值到三四萬英鎊，試想，這麼大的一塊，可以剖成多少戒指面，它該值多少鎊？

而這樣的一塊翡翠，卻居然失去了，這應該是一件轟動世界的大新聞，然而竟沒有人知道，其中當然有着極度的曲折。

所以這時，我已經不怎麼發怒了，因為失物是如此貴重，那麼熊勤魚自然不是存心瞧不起我而來的。

熊勤魚望着我：「這真是一塊了不起的東西，真正了不起，它大得如磚頭一樣，像是有一種奇異的魔力，我在十多歲生日那天，看見過一次，一直到如今，它的樣子，它的那種誘惑力，仍然深深地印在我的腦中。」

當熊勤魚講到這裏時，他連氣都粗了起來。

我又坐了下來：「自從那時候起，那翡翠便失蹤了麼？」

熊勤魚道：「不，只不過是從那一次之後，我便未曾看到過。」

我點了點頭：「那麼，這塊翠玉，當然是由令尊保管的了？」

熊勤魚抽出了一條絲質的手絹來，抹了抹汗：「是的，自從這塊翠玉到了熊家之後，便由家長保管，它究竟藏在何處，只有熊家家長一人知道，而在臨死之際，將藏放寶玉的地方，口授給長子知曉。」

我奇怪地望着他：「如此說來，這塊翠玉是在你手中失去的了，令尊不是在六年之前去世了麼？」

熊勤魚嘆了一口氣：「是的，可是我卻未曾得到那塊翠玉，我在周先生處，得知閣下有過人的機智，堪稱是現代的福爾摩斯，所以才專程前來拜訪，希望你能為我解決這個困難。我如今……如今……」

他講到這裏，更是汗如雨下。

我仍不出聲，只是定定地望着他，他只嘆了一聲：「衛先生，你千萬要替我保守秘密，我經營的事業，由於不景氣，十之八九，已經支持不住，只剩下一個空場面，如果沒有一筆龐大的資金周轉——」

我不禁吃了一驚，熊勤魚是東南亞數一數二的富豪，卻想不到原來竟是外強中乾的一個人。

他苦笑着：「恰好，美國的一個家族，通過一個著名的國際珠寶商，向我提起這塊翠玉來，他表示，只要這塊翠玉真如同那篇文章所描述那樣完美的話，他願意代表那個家族，以一千萬英鎊的價格來購買。」

我坐在沙發上不動，呆了片刻才道：「可是，熊先生，這是你們的傳家之寶啊！」熊勤魚道：「是的，我也並不是準備將它出賣，老實說，我是絕不捨得的。我只是要拿它給珠寶商看一看，估一估價，將這件事造成一個新聞，然後，我再拒絕出賣，這就夠了，你明白麼？」我當然明白，熊勤魚的窘境，是不容易瞞過人的，他在商場上的信譽，一定已經不如以前了。對於一個商人來說，信譽不似前，這是比瘟疫還要可怕的事。因為人只喜歡借錢給有錢的人。而如果他拒售奇玉的消息一傳出，那麼有關他事業不穩的消息，即使是真實的，也不會有人相信了！一個拒絕接受一千萬英鎊的人，他的身價必然在一千萬英鎊之上——這是一般人的信念。

我攤了攤手：「那我也愛莫能助，我看，我介紹一個著名的私家偵探給你——」

熊勤魚大搖其頭：「不，我相信周先生對你的介紹，如果你不肯幫忙我的話，我也不準備找別人了。」

我不知道我這位世伯大人替我如何地吹噓，以致使得熊勤魚相信我有這樣的能力。我那時還年輕，而年輕人多數是喜歡人吹捧的，我也有些飄飄然起來，口氣也活動了許多：「這是你們熊家的傳家之寶，我怎能去追查呢？」熊勤魚興奮地道：「我可以給你我所知道的一切線索，只要你替我去找，只要我能有這塊翠玉來給那個珠寶商過一過目，你要什麼報酬，我都給你。」

我故意提出了一個令他難以答覆的要求，道：「我想在找到的翠玉上，切一小塊下來，給我做這件事的紀念品。」

熊勤魚一口答應：「好！」

他既然這樣爽氣，我倒也不便推辭了，我只得道：「好，你將有關的線索說出來給我聽聽。」

當我在那樣說的時候，我是將這件事情，看得十分之輕易的。找尋失物，這是何等簡單的事情，可是，當熊勤魚開始敍述時，我便知道，事情大不容易了。

首先，我要去工作——就是我要去尋找這塊奇玉的地方，並不是在我居住的那個城市，而是在熊老太爺逝世的地方。

本來，那倒也沒有什麼問題的，可是因為熊老太爺生前所結交的那批政客，已在一次政變中倒台了，新上台的掌權者，對熊家採取敵意，而且，知道熊家有着這樣一塊奇異的翠玉，料定有可能翠玉在熊家的舊宅之中，所以，據熊勤魚所知，熊家舊宅日夜都有當地情報機關密探守衛着，他們也在尋找着那塊翠玉，當然他們也未曾發現。

我不但要到那地方去，還要去尋找那塊翠玉，更要和無數密探作鬥爭，我聽到這裏，心中已禁不住苦笑。

熊勤魚望着我，我面上還未現出為難的神色來，這使得他比較放心。

我又問道：「那麼，我甚至是沒有法子進入熊家大宅的，我怎能去尋找這塊翠玉？」

熊勤魚道：「在表面上，我們熊家的體面還在，我自己不能去，因為我一去就一定有麻煩，但是我的一個表親，和十九個傭人，卻還住在大宅中，你可以以我遠親的名義去居住，暗中幫我去尋找這塊翠玉，將它帶出來。」

他最後的那句話，又將我嚇了一跳，我非但要隱瞞身分，而且在事情成功之後，還要走私。

帶着那麼大的一塊翠玉走私，那也是不可思議的事情，就算那塊翠玉等着我去拿，也是極難成功的事情。

第二部

一到便遇險

我的苦笑從心中到了面上，熊勤魚掉頭過去，不來看我，他是怕看了我之後，我向他打退堂鼓。其實，他不了解我的性格，固然這件事是難到了極點，但愈是難，我就愈有興趣。

熊勤魚又摸出了那個皮夾子來，從裏面取出了一張紙，遞了給我。

我攤開來一看，那是一張信紙，紙上寫着一些字，很潦草。字義是沒有法子連貫的，我照錄如下：

「那翠玉——石硯——錢——椅——書桌——千萬——保守——秘密。」

我看了幾遍，抬起頭來：「這是什麼意思？」

熊勤魚道：「我們熊家的規矩，這塊翠玉的藏處，只有家長一人知道，而在他死前，將那塊翠玉藏的地方講給他的承繼人聽。我那時在外地經商，我太太說，我父親是中風死的，臨死之前，對我太太俯身講了有關翠玉的話，就是那幾句。」

我將那幾個字，又看了一遍：「其實這已經夠了，石硯、錢、椅、書桌，那翠玉當然是藏在他的書房之中。」

熊勤魚搖了搖頭：「事情沒有那麼簡單，書房的每一寸地方都找過了，沒有發現。」

我的心中忽然閃過了一個念頭，我興奮得直跳了起來：「行了，我立刻動身，只要到那裏，我便可以見到那塊翠玉，問題是我怎樣將之帶出來而已。」

熊勤魚以十分驚訝的眼神望着我：「你……已經知道了？」

我點頭道：「當然。」

「那麼，你可以告訴我？」

我像所有「大偵探」一樣地賣着關子：「不能，等我替你將翠玉拿回來，你就可以知道了。」

熊勤魚像是不相信事情竟會如此之容易，他站了起來：「那麼我便靜候佳音了，我希望你進行得愈快愈好。」

我道：「當然，我將盡力。」

我和他握手，他忽然道：「對了，我父親臨死之前的那一句話，我太太唯恐聽不清楚，當時就進行了錄音，錄音帶在我這裏，你可要聽一聽？」

我道：「噢，他講些什麼？」

熊勤魚道：「就是紙上所記的話，石硯、錢、椅——」我不等他講完，便道：「行了，我不必聽，也可以知道它在哪裏了。」

熊勤魚怯生生地問道：「你想……它會不會已被人發現了呢？」

我自負地笑了起來：「不會的，它就算再放上幾十年，就算有人看到了它也不會有人去碰一碰它！」熊勤魚露出十分不相信的神色來，我發現如果我再講下去，幾乎要將我所猜到的講出來了，所以我急急地將他送出了門，倒在沙發上，忍不住「哈哈」大笑起來。

我心中在想：這些飯桶，熊老太爺的話說得再清楚也沒有了，他第一句便是「石硯」，那還不明顯麼？熊老太爺是老式人物，他書桌上自然是有石硯的。那塊翠玉的形狀，扁長方形，不正是一塊石硯的形狀麼？

我斷定熊老太爺一定在這塊翠玉之旁，包了石片，使得這塊翠玉在石硯的中心，就將它放在書桌之上，人人可見，人人可以摸到，而不是放在保險庫中。

試想，又有誰料得到那麼價值連城的東西，竟會就這樣放在書桌上呢？而我卻想到了。

我不禁為我自己頭腦的靈活而驕傲起來。在高興了半晌之後，我打電話給旅行社的朋友，請他替我代辦入境手續。

兩天之後，我便上了飛機，熊勤魚沒有來替我送行，但是他在早一天卻來見過我，將他寫給他表親的一封信交給了我，介紹我的身分，我成了他的一個前去老宅吃閒飯的遠親了。

飛機飛在半空的時候，我根本不去想及那塊翠玉的所在處，我只是在想，如何才能將這塊翠玉帶出來，帶到熊勤魚的手中。

我想了許多方法，但是考慮的結果，似乎都難以逃得過嚴密的檢查。

最後，我決定使用熊老太爺的辦法，那就是利用人們最不會懷疑的心理去處理這件事，我將翠玉外面的石片剝去，就讓翠玉顯露，然後貼一家水晶玻璃製造廠的商標上去。

那麼，這塊翠玉，看來像是一塊製作精良的綠色水晶玻璃了，當然，我只是將之隨便放在衣箱中，我還可以準備一張專售玻璃器皿公司的發票。

我幾乎已經成功了。

我舒服地倚在椅上，在打着瞌睡，因為如此困難的事，我做來竟像是度假一樣，那實在是太輕鬆了，太使人高興了。

幾小時後，飛機到達了目的地。

熊勤魚的那位表親，早已接到了熊勤魚的電報，所以在機場迎接我，當我通過了檢查和他見面時，他便熱烈地和我握手。

他是一個四十歲左右的中年人，態度十分誠懇，一看便給人十分可靠誠實的感覺。他第一句話便道：「我姓王，叫王丹忱。」

我也連忙自我介紹，我和他一起向外走去，一輛式樣古舊，但保養得十分好的汽車停在機場門口，穿著制服的司機和這輛車子，還保存了熊家豪貴的作風。

這個城市是屬於古老而有文化的一類的都市，路上行走的人，都十分悠閒，即使在飛機場外面，人也不會太多，和新興的工業城市完全不同。

我走在他的後面，他拉開了車門：「請。」

這時候，司機回頭來向我看了一眼，那司機分明是十分心急的人，他不等我們兩個人全跨進車廂，便已經去轉動鑰匙。

謝天謝地，虧得那司機是個心急的人。

就在我扶住了車門，將要跨進車廂的時候，突然之間，有一股極大的力道，來自車廂之中，那股力道，將我的身子，如同紙紮地一樣彈了出來。

我身子向後彈出到熊勤魚的表親身上，兩人一齊跌出了七八步去。

然後，便是「轟」地一聲巨響。

在那一下巨響過後，我的耳朵變得什麼也聽不到，所以接下來的一切，是像在看無聲電影一樣，那輛式樣雖老而仍然名貴的汽車，突然向上跳了起來，我甚至可以看到那司機驚惶失色的表情，而再接着，至少十分之一秒的時間之內，車子在半空之中，成為粉碎。

碎片四下飛濺，向所有的方向射去，本來在閒步的人，從四方八面奔了開去。

我雙手抱住了頭，在地上打滾，向外滾去，在我滾出了之後，我的聽覺又恢復了，我聽到怪叫聲，驚呼聲，警笛聲，我轉頭向熊勤魚的表親看去，只見他恰好被一塊玻璃砸中，滿頭是血，正在呻吟。

警察在不到五分鐘內到達，這時，我已在察看傷勢了，一個警官站在我的身前，用力在我的肩頭上拍了一拍：「什麼事？」

我轉過頭去，那輛汽車已成了廢銅爛鐵，司機也變成血肉模糊了。

我站了起來，大聲道：「你難道看不出什麼？有人要謀害我們，但是未曾成功，卻殺死了司機。」

警官的態度十分嚴肅：「你先跟我們回警局去。」

這時，救傷車也來了，王丹忱被抬上了救傷車，他竭力向我搖着手，似乎想對我講些什麼，但是他一句話還未曾講出來，便已被塞進了車子，而救傷車也嗚嗚響着，開走了。那警官揮了揮手，兩個警員一個在左，一個在右，似乎想來挾持我。我才一到場，便發生了這樣的意外，這已使得我感到此行要完成任務，只怕沒有那麼簡單，心中着實煩亂，如今那警官又這樣對待我，更使我心中惱怒，我大聲道：「這算什麼，我是在汽車中放炸藥的人麼？」

那警官冷冷地道：「你也必須到警局去作例行的手續，我想你不會抗拒吧！」

我「哼」地一聲冷笑：「這裏不是民主國家麼？」

那警官道：「當然是，而且我們也歡迎外來的遊客，可是先生，你的護照請先交給我。」

我心中固然生氣，然而在這樣的情形之下，卻也是無可奈何。

我一面將我的護照交了出來，一面自動向警車走去，那兩個警員，仍然亦步亦趨地跟在我的後面。

等我上了警車，他們也坐在我身邊。

老實説，我要對付這兩個警員，那是十分容易的事情，可是我卻完全沒有必要這樣做。

我安安靜靜地坐着，那警官坐在我的前面，車子風馳電掣而去，不一會，便到了警局，我被引到一間小房間之中，坐了下來。

在這間小房間中，我足足等了半小時，也沒有人來和我談話，我拉門，發現門是鎖着，我舉腳在門上踢着，發出砰砰的聲音，一面用我認為不失斯文的話，提着抗議。

這種辦法果然有效，不一會，門便被打開，剛才的那個警官，走了進來，和他在一起的，是一個神情十分狡獪，滿面笑容的中年人。

那中年人一進來，便伸手要與我相握，我憤然不伸出手來：「你們這樣扣留我，合法嗎？」

那中年人將伸出來的手，自然地縮了回去，像是他已經習慣了受人的侮辱一樣，同時，他伸出了一隻手指來，在唇邊搖了搖：「千萬別那麼説，先生，我們怎會扣留一個外地來的貴賓？只不過因為發生了非常的事故，所以才請先生來問幾句話而已。」

我坐了下來，擱起了腿：「好，你們問吧！」

那中年人在一張桌子上坐了下來，居高臨下地望着我：「第一個問題是，衛先生，你到本埠來，是為了什麼？」

我攤了攤手：「不為了什麼，我失業了，無事可做，我的遠親熊勤魚要我到這裏來碰碰運氣，暫時可以住在他的家中。」

那中年人笑了起來：「衛先生，我看我們還是坦白一些的好。」

我瞪着眼：「什麼不坦白？」

那中年人又是一笑：「衛先生，據我們所知，你有一間生意很不錯的出入口行，你的經理人十分能幹，每年為你賺很多利潤，你絕不漏税，是一個正當商人。」

那中年人望着我，我無話可說。

他繼續道：「而且，你和熊家可以說是絕無親戚關係。」

他頓了一頓，又問道：「衛先生，你現在可以告訴我，你來到本埠，是為了什麼？」

我呆住了，無話可答，想不到剛才半個小時中，他已將我調查得清清楚楚了，我再想冒認為熊勤魚的遠親，也不行了。

我聳了聳肩：「這倒是笑話，難道每一個外來的人，都要向警方報告來此的目的嗎？」

那中年人道：「一般的情形，當然是用不着，但是當發生了謀殺案，而有人喪了命的時候，那便大不相同了，是麼？」

那中年人的語鋒，十分厲害，他所講的每一句話，都令我無法反駁。

我雖然慜了一肚子氣，但也只得暫時屈服：「好吧，我只是來玩玩的，沒有什麼事情。」

那中年人道：「不是吧。」

我實在忍不住了：「看來，你什麼都知道，那你何必問我？」

我霍地站了起來，但是那中年人卻道：「不，你不能走，你要留在這裏。」

我側着頭，斜睨着他：「你想要我採取什麼辦法離開這裏，是通過合法手續呢，還是憑我自己的本事，硬闖出去？」

那中年人搖頭道：「別激動，年輕人，我們一點也沒有惡意，你一下機，就有人想謀殺你，你的安全，警方是有責任的。」

我冷笑道：「謝謝你，我自己會照顧自己的，我一定要走了。」

那中年人道：「也好，那你一定是到奇玉園去的了？巧得很，我也住在奇玉園中。」

「奇玉園」正是熊家老宅的通稱，這是十分大的老式花園房子，雖然不公開開放，但城中有地位的人，時時接受邀請，可以在園中遊玩，所以園中的一切，膾炙人口。

熊勤魚曾告訴我，當地政府的警方，情報工作人員，長住在奇玉園中，而如今這人又說他也住在奇玉園中，那自然是我的主要敵手了。

我想起我已經知道了那塊翠玉的秘密，而他仍一無所知，我不禁冷笑了起來：「噢，原來貴地政府的人員，可以隨便在民居中居住的麼？」

那中年人笑了一下：「不是隨便，根據一項徵用民居的法律，政府各部門的工作人員，在取得屋主的同意之後，是可以暫住在民居之中的，我們有代管熊家財產的律師的書面同意證件，你明白了麼？」

我道：「我明白了，以後我們將時時見面，但是我想，我至多在奇玉園中住上一兩天而已，我是個選擇鄰居很嚴格的人。」

那傢伙絲毫不理會我惡意的諷刺，笑道：「原來這樣，那我必須自我介紹一下：杜子榮。」

我也懶得理他叫什麼名字，只是隨口道：「杜先生，你的職務是——」

他倒絕不隱瞞：「我名義是警方的顧問，但是我的日常工作，則負責解決一些重要的懸案，你稱我為懸案部門的負責人，也無不可。」

我又問道：「如今你負責的懸案是什麼？」

他笑了起來，道：「和你來這裏的目的一樣，衛先生！」他一面說，一面又大笑了起來，然而我卻一點也不覺得有什麼好笑。

他帶着我出了警局，我坐了他的車子，向「奇玉園」駛去。

我們所經過的市區街道，都整潔而寧靜，等過了市區之後，筆直的大路兩旁，全是樹木，不到十分鐘，我便看到了奇玉園。

那果然是氣派極大的一個花園，而且單看圍牆和圍牆上的遮簷，便可以知道絕不庸俗。不管熊家的上代是什麼出身，但是當熊家在這個城市建造這個園林的時候，總已是「書香門第」，那和暴發戶所建庸俗不堪的花園，不可同日而語。

圍牆全是紅色的水磨磚砌出各種仿古的圖案，圍牆之上是一排排淺綠色的琉璃瓦。牆內花木的枝葉，從琉璃瓦上橫了出來，幽靜而富詩意，這樣的一個環境，叫人難以和鬥爭、奪寶、特務聯想得起來。然而在這圍牆之內，卻的確有着這樣的事情。

當然——我心中想着：等到我將那塊翠玉帶走了之後（我有信心一到園中，就可以唾手而得），這一切也就成為過去了。

車子在大門口停了下來，大門上有一塊橫匾，匾上有兩個古篆，是「瑾園」兩字。熊家有這樣一塊奇玉，雖然絕不向人展示，但是卻又忍不住要告訴人，這所大宅取名為「瑾園」，不就是告訴人園中有美玉麼？

杜子榮就像是奇玉園的主人一樣，驅車直入，在駛過了一條筆直的，由鵝卵石鋪成的短路之後，便在一所大宅之前停下。

我和杜子榮一起下車，有兩個一看便知是便衣隊的人，迎了上來，以敵視的眼光望着我。

杜子榮一直在笑，也不知道他們有什麼好笑的事情，他向東指了一指：

「我們只佔住兩邊的一半，你到東面的一半去，就會有人來迎接你了。」

我想問他，熊老太爺的書房，是在西半院還是東半院的，但是我想了一想，便沒有問出來，因為我看出杜子榮並不是一個蠢才，他顯然還未勘破秘密，如果我提起書房的話，那一定會引起他疑心的。

所以，我自己提着行李，向東走去，穿過了一扇月洞門之後，出乎意料之外，我看到包紮着紗布的王丹忱，向我迎了上來。

在王丹忱的身後，跟着兩個僕人，我快步走到他的面前：「你沒事了麼？」

王丹忱苦笑了一下：「我沒有什麼，我只不過是嚇壞了，可憐阿保——唉！」

他所說的「阿保」，自然是變成了一堆血肉的那個司機了，我也不禁苦笑了一下：「我才一到，便遇上了這樣的事情，太不幸了。」

王丹忱向我身後看了看，低聲道：「衛先生，你來，我還有一些話對你說。」

我向後看去，只見那兩個便衣探員，倚在月洞門旁，賊眉賊眼地望着我們。我和王丹忱大踏步向前走去，不一會，便到了一間寬大的臥室之中，他道：「衛先生，你就住在這裏，可滿意麼？」

第三部

第二次謀殺

我點了點頭，道：「我是無所謂的，反正我不會住得太久，至多一兩天罷了。」

王丹忱壓低了聲音，「衛先生，你是為了找尋那塊翠玉來的吧！」

我呆了一呆，熊勤魚只向我說王丹忱是他的表親，在熊勤魚說起王丹忱的時候，口氣像是十分生疏，照理來説，熊勤魚是不會對王丹忱說起我到這裏來的真正意圖的，那王丹忱是怎麼知道的？

我覺得事情愈來愈不簡單，看來連這個王丹忱，也未必只是看管舊宅那麼簡單。

我略想了一想，便道：「翠玉？熊家的翠玉，連你們老爺都找不到，我怎能找得到？」

我模棱兩可的回答，並未使王丹忱滿意，他竟認定了我是為尋找翠玉而來的，又壓低了聲音道：「衛先生，你可得小心點才好，你一下飛機就有人在車中放了炸藥，你——」

他才講到這裏，我的心中陡地一亮，他下面的話我也沒有聽清楚。

因為在那一剎間，我想到我要來這裏，熊勤魚是寫信通知王丹忱的，可以說，知道我要來，而能夠在車中放了炸藥的人，只有他一個人。

然而，王丹忱又是要和我一起登車的，炸藥爆炸，如果炸死了我，也必然炸死他，他又有什麼辦法可以害死我而自己不死呢？照這一點看來，他似乎又不是放置炸藥的人。我的腦中十分紊亂，但這卻使我作出了一個決定：不相信這裏的任何人。

本來，我是準備向王丹忱詢問熊老太爺的書房在什麼地方的，但如今我也不開口，我推說疲倦，將他客氣地趕了出去。

我在一張寬大的安樂椅上坐了片刻，起身走動。我相信這所大宅中的僕人，至少還有二三十人之多，但是因為宅內太大了，所以我走了半晌，還見不到人，我穿過許多廊廡，才看到了一個僕人，那僕人見到了我，就垂手而立：「先生，你要到哪裏去？」

我隨意道：「我只是四處走走，你們老太爺倒會享清福，他生前的書齋，是在什麼地方？」

我將最重要的話，裝成最漫不經心地問了出來，那僕人嘆了一口氣，道：「老太爺的書齋，被政府佔去了，在西院，一株大玉蘭旁邊。」他伸手向前指了指，我看到了那株高聳的玉蘭樹。

我點了點頭，又踱了開去，我決定等到天色黑了，才來行事。我走了許久，才找到我住的房間，當我推開房門走進去的時候，我似乎看到在走廊的轉角處，有人正探頭探腦地看着我。

我急忙轉過身去，喝道：「什麼人！」可是卻了無回音。我推門進去，將門拴好，我想睡上一覺，但是卻十分緊張，一點也睡不着。好不容易到了天黑，我不打開門，只是推開了窗子，探頭向外看去。

外面靜得出奇，我將頭伸得更出些，可以看到那株大玉蘭樹。

我輕輕一翻身，從窗外翻了出去，屋子外面就有花木，要掩遮行藏十分容易，不一會，我就到了東半院和西半院分界的那扇月洞門。

那月洞門旁，並沒有人守着，我堂而皇之走過去。

然後，我認定了那株玉蘭樹，走進了一個在星月微光之下看來十分幽靜的書齋之中，我根本不必費什麼手腳就推開了門，走了進去。

書齋當然是久已沒有人用了，但是卻打掃得十分潔淨，書齋中的陳設名貴，我看到有幾幅畫，全是各代的古畫，那幾幅畫已然價值不菲，但和那塊翠玉比較起來，自然相去太遠了。

我取出了小電筒，電筒射到了一張紫檀木的書桌，桌上放着許多文具，在我意料之中的是有着一塊石硯，那塊石硯是被放在一隻十分精緻的紅木盒中的，我伸手取到了石硯，轉過身來。

在那時候，我心中已經以為已成功了一半了。

可是，就在我轉過身的那一瞬間，我看到了門口站着一個人。

光線雖然黑暗，可是我還可以看到那人面上掛着笑容，那人站在門口，一聲不出，就像是一個幽靈，然而他面上的笑容告訴我，他並不是什麼鬼魂，而是杜子榮。

杜子榮笑嘻嘻地走進來，「啪」地一聲，按亮了電燈，我則呆呆地站着，手上還捧着那塊石硯。

杜子榮一直在笑着，這次，我知道他是為什麼覺得好笑了。

他走前了幾步，才道：「請坐啊，政府既然借用了這個地方，那我也可算得是半個主人了，別客氣。」

我還想偷偷地將石硯放到書桌上，可是杜子榮銳利的眼光卻已經向我手上射來。他聳了聳肩，道：「衛先生，你手中所捧的是一塊十分好的端硯，老坑上面有兩組，每組五個排列成為梅花形的鸜鵒眼，還有形如白紋的梅桿，這是有名的『雙梅硯』，價值不貲！」

我沒有別的話好說，只得道：「是，是麼？」

杜子榮微笑着，道：「你可以打開來看看。」

我將盒蓋掀了開來，若以杜子榮所說，這是一塊罕見的好端硯，這塊端硯，至少也值一兩千英鎊，然而卻不是我的目標。

我靈機一動，忙道：「是啊，我也是慕這塊『梅花硯』之名，所以，才特地來看一看的。」

「你？」杜子榮又笑了起來，他可詛咒的笑容使我全身不舒服：「你是為了這塊端硯？半夜三更——請原諒我說得不好聽——像做賊一樣地走進來？」

我的臉紅了起來：「杜先生，你不能這樣侮辱我。」

杜子榮向我推過了一張椅子：「請坐！」他自己也坐了下來。

然後，杜子榮道：「你很聰明，想到了石硯，這和我接辦這件懸案時首先想到的一樣，可是我不妨告訴你，這書房中的一切，全經過最新式儀器的檢查，那塊翠玉，絕不在房中。」

我神色尷尬，一時之間，不知說什麼才好。

杜子榮又道：「熊家在這裏居住了很久，勾結政要，佔了政府不少便宜，熊勤魚自己不敢回來，便是這個緣故，如今新政府大可沒收熊家所有的財產，但新政府卻不這樣做，新政府只要這塊翠玉——其實，這塊翠玉的價值雖高，但比起熊家數十年來走漏的稅項來，也還只是剛好夠而已。」

我也坐了下來，慢慢恢復了鎮定：「這不關我的事。」

杜子榮道：「我說了這麼多，只不過是想請你來幫我忙，一齊找那塊翠玉，我已經發現，我一個人要在那麼大的園子中找尋那塊翠玉，是沒有可能的事情，你看，這裏有上億塊磚頭，每一塊磚頭之中，都可以藏着這塊價值連城的翠玉的。」

我不由自主，笑了起來：「這不是太滑稽了麼？你們可以動用新式的光波輻射儀來探測的。」

杜子榮道：「當然可以，但是如果翠玉的外面，包着一層鉛，或是其他可以阻止輻射波前進的東西，那我們也探測不到什麼了。」

我一聽了杜子榮的話，心中又不禁一動，再次望了望那塊端硯。

包上一層鉛，可能在翠玉外先包了一層鉛，再包上石片，那便發現不了了，或者，在石硯之中所收藏的，不是翠玉，而是有關那翠玉的線索，譬如說，有關保險箱的號碼、鑰匙等等。

總之，我斷定石硯和翠玉有關，要不然，熊勤魚臨死之前，為什麼要提到「石硯」來呢？

我的行動，逃不過杜子榮的眼睛，他緩緩地道：「石硯……錢……椅……書桌……這幾句話你當然也知道了？」

我怔了一怔：「是。」

杜子榮道：「我們一共找到了十七張石硯，而這所巨宅中的大小椅子，總共有六百三十四張，書桌也有八張，這三樣東西，我們全是逐件檢查過的，衛先生，你絕不必再多費心機了。」

我仍然望着那塊石硯，杜子榮突然一伸手，抓過了那塊石硯，將它用力地砸在地上。

我猛然一驚間，石硯已經碎成了一塊塊，我怒叫了起來，可是杜子榮卻淡然道：「我們早已將它弄碎過了，只不過弄碎的時候十分小心，可以回復原狀而不露痕迹的，衛先生，熊老太爺臨死前的那一句話，另有用意，不是照字眼來解釋那樣簡單。」

我聽了之後，不禁啼笑皆非！

地上的小石塊，證明了杜子榮所說的話，而我想起了自己向熊勤魚拍胸口擔保，我更是尷尬，我如何向他交代呢？杜子榮又道：「這一句話，究竟有什麼另外的意義，我已想了兩年了，希望你比我聰明，能在短期內想出來。晚安！」

杜子榮話一講完，便站起身，向外走了開去。

我一個人在書房中發呆，我實在是太自作聰明了。由於我認定了自己想法是對的，所以我根本未曾去想一想萬一石硯中沒有翠玉，我該怎麼辦。

因此，這時我腦中只是一片空白。

我不知道該從何處着手，來彌補這一片空白。

我考慮了許久，才覺得如果沒有杜子榮的幫助，我是不可能成功。

和杜子榮合作，我可以有許多便利，第一，他對這件事已經注意了兩年之久，一切線索，當然是蒐集得十分齊全，我便可以在短時間內獲得這些線索。第二，他有着各種各樣的新式儀器，可以幫助尋找這一塊失了蹤的、價值連城的翠玉。

當然，和他合作也有極不好的一點，那就是找到這塊翠玉之後，翠玉將落在他的手中，而不是到我的手內——但是，如今最重要的是使這塊翠玉出現，就算落到了杜子榮的手中，甚至到了國庫之中，只要知道了它的確切所在，還是可以將之弄出來的。

我向門外走去，在門口停了一停，沉聲叫道：「杜先生，杜先生！」

我叫了兩聲，沒有回答我，突然之間，我心跳了起來，感到了一種十分不祥的預感。那種預感是突如其來，幾乎無可捉摸的。

我在呆了一呆之後，身子向後退去。就在我退出一步間，我聽到了「啪啪啪」三聲響。那三聲響是接連而來的，隨着那三聲響，有三件小物件在我的面上掠過，釘在我身側的門口。

如果我不是及時退了一步的話，這三件小物件一定釘在我的面上了。

我連忙回頭看去，不禁毛髮直豎！

那是三枝配有十分粗糙簡陋，手工打造的鐵簇的小箭，箭簇的一半，正陷入門中，另一半則露在門外，箭簇上呈現一種暗紅色。

不管那箭簇是如何粗糙，我知道，只要它擦破了我的皮膚的話，那我就不是站着，而是倒在地上，在不斷地痙攣了。

這種塗在箭簇上的暗紅色的毒液，是馬來叢林之中土人用來擒獵猛獸用的。和汽車中的炸藥相比，同樣地可以殺人，而如果我必須在兩者之中選擇的話，我是寧可選被炸死。

我望着那三枝小箭，心中在想，這是第二次謀殺了！

兩次謀殺的對象都是我，是什麼人必須殺了我才甘心呢？我到這裏來，對什麼人最有妨礙呢？

我簡直莫名其妙，因為我到這裏來，是對任何人都沒有妨礙的，除非是對杜子榮。然而我敢斷定杜子榮不會想我死去，因為他像我要借重他一樣，也想借重我，我們兩人的目的是一樣的：使那塊翠玉出現。

那麼，是誰想謀殺我呢？

我呆了片刻，不敢再從門口走出去，轉身到了窗前，推開窗之後，一縱身，躍出了窗外。

窗外是一大叢灌木，我身子一矮，先藉着灌木的遮掩，躲了兩分鐘，等到肯定附近沒有人時，才直起身子來，向外走去。

我繞到了一條石子路上，便看到了杜子榮。

杜子榮站在那裏，和一個站崗的警員交談。他聽到了我走向前去的急促的腳步聲，轉過頭來看我，我一望見他那種臉色，便更可以知道，兩次謀殺的主使人，絕不是杜子榮。

我急急地走到了他的面前：「你們剛才可曾看到有人退出來麼？」

杜子榮和那位警員一起搖了搖頭，杜子榮反問道：「發生了什麼事？」

我「哼」地一聲：「謀殺，來，我帶你去看。」我話一講完，轉身便走，杜子榮和那警員則跟在我的後面，當我們來到書房的前面時，突然看到附近的灌木叢中，有人影一閃。

杜子榮和那警員立時喝道：「什麼人，站住！」

可是那條黑影卻仍然以極高的速度，向前掠了出去，那警員向黑影逸出的方向，連放了三槍。

「砰！砰！砰！」三下槍響，震撼了寂寞的黑夜，剎那之間，只見處處亮了燈光，人聲鼎沸，我估計若不是有着一百多人的話，是斷然不會發出這樣喧鬧之聲的，想不到杜子榮竟帶了那麼多人住在這裏。

而那麼多人搜尋了兩年，還未曾找到的東西，我又怎能在短短的時期內找得到呢？

剎那之間，我心灰意冷，只是呆呆地站着不動。

我看到一個警官狼狽地奔到了杜子榮的面前，杜子榮揮手道：「沒有什麼，大家回崗位去。」

人聲不一會就靜了下來，那開槍的警員在放了三槍之後，便向矮木叢中衝了過去，這時他也走了回來，他那三槍當然未曾射中那條人影，但是他的手中，卻拿着一塊撕破了的灰絨。

他將那塊灰絨交給了杜子榮，杜子榮接過來看了一看，我在一旁也已看清：「這是從一件衣服上扯下來的，當然是那人逃得很倉皇，被樹枝鈎破的。」

杜子榮道：「我不以為一個一個人搜索會有用處。」

我點頭道：「我和你的想法一樣，這人的身手如此敏捷，他當然已逃遠了。」

杜子榮將那塊灰絨收了起來，只見王丹忱也已匆匆地走了過來：「發生了什麼事？長官！」

杜子榮道：「沒有什麼事，也不干你們的事。」

王丹忱卻也不是容易對付的人，他瞪着眼道：「長官，你們住在這裏，除拆屋之外，還要開戰麼？我們的律師是可以提出抗議的。」

杜子榮眨了眨眼睛，笑了起來：「對不起得很，下次大概不會有這種事情發生了。」

王丹忱又十分恭敬地向我打了一個招呼，退了回去。我直到此際，才有機會轉過身來，和杜子榮一齊，向半開着的書房門看去。

可是，那三枝小箭已不在了。

小箭雖然不在了，但是門上卻留下了三個小洞，我指着那三個小洞，道：「你明白這是什麼造成的麼？」

杜子榮面上的笑容，居然也會突然間斂去！他睜大着眼，好一會，才緩慢道：「我知道，這是一種有毒刺的小箭所造成的。」

我道：「那很好，這種小箭是誰發射的，你可有什麼概念？」

杜子榮又笑了起來，但是他的笑容，卻是充滿了恨意，令人不寒而慄，他突然捲起了左腿的褲腳管，我看到在他的小腿上，有一個可怕之極的疤痕，那個疤痕令得他的腿看來不像是腿。

他將褲腳放下來：「如果我對這射箭的人有概念的話，他還能活在世上，那才算是奇事了。」

我心中駭然：「你說……你曾中過這樣的小箭？」

杜子榮點頭道：「不錯，這種暗紅色的毒藥，在射中之後的三分鐘內，使人全身痙攣而亡，我是在中箭之後的一分鐘內，將自己的腿肉剜去，但我也在醫院中躺了足足一個月！」

我的心中更感到了一陣寒意，我問道：「你……不是在這裏中箭的吧。」

杜子榮道：「就是這裏，在那一株含笑樹下面，是我到這裏調查翠玉下落的第二天晚上。我在醫院中住了一個月之後，又回到這裏來，我用盡方法要查出害我的是誰，但是卻沒有結果，今天，總算有了線索。」他緊緊地握着那一塊灰絨。

想起我剛才的幸運，我不禁直冒冷汗，我呆了半晌，才道：「謀殺你和謀殺我的目的是一樣的，那就是有人不想令這塊翠玉出現。」

杜子榮點頭道：「正是如此，那人或者見我十分無用，費盡心機也找不出這塊翠玉來，所以便放棄了對我的加害，如今，你才是他的目標。」

杜子榮的話，令得我不由自主，打了幾個寒戰。

我苦笑了一下：「太奇怪了，有什麼人不希望翠玉出現呢？」

杜子榮道：「當然是熊家的人。」

我搖頭道：「不，你完全錯了，我知道你是指王丹忱，或者是其他知情的老家人，在阻止你行事。可是你難道未曾想到，我是奉了熊勤魚之命而來的麼？熊勤魚極需要這塊翠玉，忠心於熊家的老僕人，是不應該謀害我，而應幫助我的。」

杜子榮睜大了眼睛，我知道他一直是在懷疑着熊家的家人的，然而聽了我的話之後，他兩年來的懷疑，變得沒有了着落。

他和我一樣，變成不知如何重新開始才好。呆了片刻，才聽得他苦笑道：「老兄，你一來，事情非但未曾明朗，而且更複雜、神秘了。」

我攤了攤手：「這證明我們兩人都走錯了路，我們必須從頭開始。」

杜子榮喜道：「你願意和我合作了？」他伸出手來。

我卻暫時不伸出手，只是望着他：「在找尋翠玉這一點上，我與你合作。」

杜子榮一怔，但是隨即點了點頭，笑道：「我明白你的意思了，我們是有限度的合作。」

我伸出手來，和他握了一下。

杜子榮又笑了起來：「衛先生，你不明白麼？我們其實可以成為很好的朋友。」

我也漸漸感到杜子榮有着許多人所難及的地方，他腦筋靈活，絕不在我之下，而且往往在他鋒芒逼人，使人覺得十分難堪之際，而又由他主動來給人轉圜的餘地，他的確是一個可以成為好朋友的人，但在如今這樣的情形下，我們卻是沒有法子成為朋友。

所以，我只是抱歉地笑了笑：「或者是將來。」

杜子榮不再說什麼，他只是望着我，過了片刻，才道：「我想我們應該研究如何着手進行了，我先將兩年來我所做過的事情，講給你聽一聽。」

我向書房中走去，一面點頭道：「這正是最需要的，希望你不要保留什麼。」

第四部

黑社會「皇帝」

我們一起在書房的沙發中坐了下來。杜子榮開始向我簡略地敘述這兩年來，他為了尋找這塊翠玉所下的功夫。我聽了他的敘述之後，再想起我在接受熊勤魚的委託之際，以為一到奇玉園，便可以將那塊翠玉找到，心中禁不住苦笑。

在兩年之內，杜子榮和他的部下，動用了五架光波輻射探測儀，搬動了數十座假山，抽乾了三個荷花塘，和一個大水池的水，檢查了所有的屋子、柱子，以及所有樹木的樹幹。

總之，凡是可以放得下那塊翠玉的地方，他差不多都動手找過了。

結果——結果如何，他不用說，我也知道了，他當然未曾找到那塊翠玉。

杜子榮講完了之後，灰朦朦的曙光已經透進窗子，顯得我和他兩人的面色，都十分難看，那只是一種象徵失敗的灰色。

我呆了半晌，才道：「其實事情很明顯了，杜先生，那塊翠玉一定不在奇玉園中。」

杜子榮嘆了一口氣：「我也不是未曾想過這一點，然則它不在這裏，又在什麼地方呢？它是一定在這裏的，你來此地，證明了熊勤魚夫婦，也肯定這塊翠玉是在這裏。」

他講到這裏，嘆了一口氣：「我知道我們一定未能徹底地了解熊老太爺的那一句遺言。」

我心中陡地一動：「聽說熊老太爺的那一句遺言，有經過錄音，你可曾聽過錄音帶？」

杜子榮道：「那倒沒有，錄音帶被熊夫人帶走，我只是看到了熊夫人記下的那一句斷斷續續的話，同時，我在家人處了解到，熊老太爺在說這句話的時候，手發着抖，是指着書房的。」我不禁抬起頭來，慢慢地巡視着這間書房，秘密是在這裏，可是秘密卻又深深地藏着，不肯顯露出來。

我們呆了半晌，我才道：「一個人臨死之前，所講的話會口齒不清，熊勤魚夫人並不是廣東人，或者她聽錯了，所以她記下來的字句，未必可靠，我立即和熊勤魚通長途電話，要他派專人將那卷錄音帶送到這裏來供我們研究。」

杜子榮站了起來，拍了拍我的肩頭：「希望我們的合作能有成績。」

他走了出去，我還坐在沙發上不想動，那種古老的沙發，寬大而柔軟，整

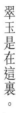

個人像是埋在椅子中一樣，我的目光停留在每一件東西上，我的心中千百遍地暗念着：「那翠玉……石硯……錢……椅……書桌……千萬保守秘密」這一句話。

我相信杜子榮已經反覆研究這句話不下千百遍了，所以我不去多想這句話的內容，我只是心中奇怪，這塊罕見的翠玉，既然是熊家的傳家之寶，那麼熊老太爺為什麼要捱到最後，講完話就斷氣之際，才講出有關這塊翠玉的秘密來呢？

他為什麼不早一點講呢？

是不是他有着什麼特別的原因，必須將這樣一個大秘密留到最後才講呢？還是因為他的兒子不在，而他又對兒媳有隔膜呢？

我的心中，對自己提出了許多問題，然而這些問題，我卻難以解釋。

我在朦朧中睡去，等到陽光刺痛了我的眼睛，才一躍而起，已經是上午十點鐘了。我離開了西半院，吩咐王丹忱替我準備車子，我要到市區去。

王丹忱對我的態度，似乎不像昨天那樣友善，每當我向他望過去的時候，他總是有意地轉過頭去，那使我心中起疑。

可是，我心中卻又對自己說，疑心王丹忱是沒有理由的，因為他曾和我一樣，在飛機場旁，幾乎為放在汽車的炸藥炸死。

然而他的態度，卻又使我肯定他的心中，一定蘊藏着什麼秘密，這當真是一個神秘的地方，連這裏的人，也充滿了神秘之感。

我決定等我自市區回來之後，再向他盤問他心中的秘密。王丹忱為我準備的車子是租來的，我在上車之前，先檢查了一下機件，直到我認為安全了，我才上車，駕車向市區駛去。

我先到了電報局，和熊勤魚通了一個電話，告訴熊勤魚，說事情有一些麻煩，但是我將盡我的力量，而希望他用最快的方法，將那卷錄音帶帶來給我。

熊勤魚在聽我講話的時候，只是不斷地苦笑着，他在我講完之後，像一個老太婆似的，囑咐我必須找到那塊翠玉。

他一再地囑咐着，幾乎是在向我苦苦哀求，而他更告訴我，由他經營的一家銀行，也已開始不穩了，如果這樣的情形再持續下去的話，那麼他可能一下子便垮了下來，再難收拾。

而如今能夠救他的，便是那塊翠玉。

當我和他通完電話之後，我的心中不禁茫然，我想起，照如今的情形看來，成功的希望十分微小，那麼，熊勤魚就會垮台。熊勤魚一個人垮台不要緊，由於他所經營的商業，從銀行到工廠，不知凡幾，那麼直接、間接影響的人，不知有多少。

我感到責任重大，心境也十分沉重，我低着頭，向電報局外走去，電報局的大堂中人不少，我也未曾向別人多望一眼，只是低頭疾行，可是在忽然之間，我卻突然覺出，似乎有人亦步亦趨地跟在我的後面。

我連忙加快腳步，向前疾行了幾步，然後，在突然之間，我停下，並且轉過身來。

在我的身後，果然有人跟着，由於我的動作來得太過突然，所以，當我突然轉過身來之際，跟在我身後的那人，避之不及，幾乎和我撞了一個滿懷，那當然使這人極之驚愕和發窘。

可是，在那一剎，我的驚愕和發窘，卻也絕不在對方之下。

原來那竟是一個女子，而且還是一個三十歲左右，極之艷麗的少婦。我連忙後退了一步，心想我一定是神經過敏了，那少婦大約也是要離開電報局，只不過恰好走在我的身後而已。

我在後退了一步之後，連聲道：「對不起，對不起！」那少婦驚愕受窘的神情，也已褪去，她向我一笑：「不必介意，都是我不好，我想向你打招呼，但是卻又提不起勇氣來。」

我更是愕然：「你想向我打招呼？」

那少婦又十分嬌羞地笑了一笑，老實說，這是一位十分美麗的少婦，而且她對我這樣友善，這不免使我有些想入非非。

但是我到這個城市來，不到兩天，已經有兩次險些喪失生命了，這使我對這種「飛來艷福」，也抱着極其小心的態度。

我沉聲道：「不知道小姐有什麼指教？」

她道：「我想你是衛斯理先生了。」

我一呆，不知道怎麼回答她才好，她又道：「你是受熊勤魚所託而來的，是不是？你來這裏的任務，有人知道了，那個人想和你商量一件事情，不知道你有沒有興趣和他見一次面！」

我冷冷地望着她，我不知道該怎樣回答才好，因為這少婦來得太突然，太神秘了。

我站着發呆，那少婦又道：「這件事，保證對你有利，你不信我麼？」

她又向我嫣然一笑，一個男人要當着那麼美麗的女子面說不信她，那是十分困難的，但我卻使自己克服了這個困難，硬着心腸，反問道：「我憑什麼信任你呢？」

那少婦又笑了一下，她大概知道她的笑容是十分迷人的，所以不斷地使用着這個「武器」，我幾乎要被她這種「武器」征服了，在她微笑的時候，我感到目眩。她道：「你看，我是能傷害你的人麼？」

我點頭道：「你當然不會，但是指使你來的是什麼人呢？我可以聽一聽麼？」

那少婦道：「暫時不能，等你跟我去之後，你就會知道了，那是半小時之內的事情。」

我硬起了心腸：「對不起，我——」

然而我這一句話未曾講完，便停了下來，我本來是想説「我不準備跟你去」的，可是我在停了一停之後，卻道：「——我想我一定要跟你去見那人了！」

使我改變主意的是她的手袋，那是一個十分精緻的黑鱷魚皮手袋，手袋的開合夾是圓形的，一端正向着我，使我看清楚那是一柄可以射出兩粒子彈的小型手槍的槍管。

在我和她這樣近的距離中，她發射的話，我一定難逃一死，而她卻可以從容退卻。

當然，我可以出其不意地反抗，但是她美麗的臉上卻充滿了警覺，我想反抗，只怕也不一定得手，所以我便非改變主意不可了。

她又是嫣然一笑，向旁退開了一步：「那麼請你先走一步。」

我向電報局外面走去，她跟在我的後面，才一出門，我便看到我停在門口的車子，車門已被人打開了，一個戴着黑眼鏡的男子，正倚着車門站着，一看到我們出來，他便鑽進了車子。

我冷笑地道：「哦，原來你們請人客，連自己的車子也不備的麼？」

那少婦道：「那樣豈不是更可以少些麻煩？」

我不再出聲，坐進了車子，我坐在那少婦和神秘男子的中間，那少婦手袋上的秘密小型槍仍對準我。我心中暗暗好笑，在電報局的大堂中，她用這小型槍對着我，使我不能不就範，那是如果我撲擊，她可以有閃避餘地的緣故，而當她閃開去之後，她仍可以向我發射。但是在車中，情形卻不同了，一個有經驗的人，一定不會在車中用武器脅迫對方，而離得對方如此之近的，她應該在車子的後座脅迫我。

因為我和她若是離得如此近，我要突然反擊，她不一定穩佔優勢。

但是我卻不動，我已經決定了想見見要會我的是什麼人。

我還是第一次來到這個城市，不但有人謀殺我，而且有人要用綁票的方法使我去見一個人，這不能不使我心中感到奇怪，也不能不使我一探究竟。

我索性詐癲納福，盡量靠向那少婦，那少婦似怒非怒地望着我。當然，我一方面還在仔細留心車子所經過的路線，以便知道我自己身在何處。

二十分鐘後，車子到了海邊。

在碼頭上，早已有四個戴着黑眼鏡的人並排站着，一看到車子駛到，立時分了開來。照這陣仗看來，想和我會見的人，似乎是當地黑社會方面的人物。

我下了汽車，走到碼頭上，被他們六個人一齊簇擁着上了一艘快艇，快艇向海中駛了出去，雪白的浪花濺了起來，使得每個人的身上都有點濡濕。如果我們是出海去釣魚的話，那情調實在太好了。

快艇在海面上駛了半個小時，似乎仍沒有停止的意思，我的心中也愈來愈不耐煩，就在這時，我看到了一艘乳白色的大遊艇，正向着快艇駛來。

而在遊艇出現之後，快艇的速度也開始慢了下來，不一會，兩隻船已併在一起，遊艇上有軟梯放了下來，我上了軟梯，甲板上放着兩張帆布椅，有兩個人正躺在帆布椅上曬太陽。

那兩個人的衣著，十分隨便，但是在他們身後的大漢，卻全是西服煌然。那兩個躺在帆布椅上的人顯然是大亨，八成也是要與我見面的人了。

那少婦先我一步，到了兩人的面前，道：「衛先生來了。」左首那個胖子懶洋洋地哼了一聲，道：「衛先生，請坐。」

右邊的那個人，甚至連動都不動，他們兩人臉上的黑眼鏡也不除下來。

而且更有甚者，甲板上除了他們兩人所坐的帆布椅之外，絕沒有第三張椅子，那胖子「請坐」兩字，分明是在調侃我。

這不禁使我怒火中燒，我冷笑一聲：「你們要見我？」我一面說，一面陡地向前，跨出了兩步，在跨出了兩步之後，我的身子，突然向前倒去。

我的動作是如此之快，所以那胖子雖然覺出不妙，立時站起身來之際，已然慢了一步。

我一跌到了甲板上，雙手已抓住了帆布椅的椅腳，用力向上一抬，那胖子一個仰天八叉，重重地跌倒在甲板之上。

而我的身子，早已彈了起來，順手曳過了椅子，坐了下來，冷冷地道：

「給客人讓座，這幾乎是最簡單的禮貌，難道你不懂？」

在遊艇的甲板上，約有六個大漢，這六個大漢的動作，快疾得如同機械一樣，我剛在椅上坐定，那六個人手抖着，手上已各自多了一柄手槍，槍口毫無例外地對準了我。

那胖子從甲板上爬了起來，面上的胖肉抖動着，毫無疑問，他口中將要叫出的幾個字是：「將他打死」！

但是，那胖子卻沒有機會出聲。

一直坐在椅上不動的另一個人——他是一個高個子，卻並不胖。

那高個子留着小鬍子，面部肌肉的線條很硬，一望而知是一個十分殘酷的人。這個人比胖子先開口，他笑了一聲：「別這樣對待客人。」

那六個槍手的動作，又比機械還整齊，他們立時收起了手槍，胖子的面色覺得十分狼狽。

而我則直到此際，才鬆了一口氣，別以為我不害怕，我之所以敢動手對付那胖子，是我認定在這兩個人中，胖子的地位較低，所以我敢於將胖子摔倒。

在一個盜匪組織之中，你若是處在劣勢中，那你絕不能得罪第一號人物，但卻不妨得罪第一號以外的人物，說不定首腦人物還會欣賞你的能幹。

目前的情形就是那樣，胖子固然滿面怒容，但是卻也無可奈何。那中年人直了直身子，除下了黑眼鏡，他的雙眼之中，閃耀着冷酷的光芒，他望了我一會，才道：「我來自我介紹，我是丁廣海。」

我怔了一怔。

丁廣海這個名字，我太熟悉了，他是這一帶黑社會的領導者。關於他組織犯罪集團的故事太多，最膾炙人口的是他在十五歲那年，便帶着一批亡命之徒，向固有的黑社會首領挑戰，結果是他贏了，而從那時起，他便一直是所有犯罪集團的「皇帝」，他的外號就叫着「廣海皇帝」。

當然，和一切犯罪組織的首腦一樣，他在表面上，也有着龐大的事業。他甚至曾率領過工商代表團去參加國際貿易展覽，但是實際上，他卻操縱着附近數十個城市的犯罪組織。

想不到在這裏會和這樣的一個人物見面。

我那時年紀還輕，聽了丁廣海的名字之後。竟呆了半晌之久，才道：「我也來自我介紹，我是衛斯理。」

丁廣海點了點頭，又戴上了黑眼鏡。叫人不能從他冷酷的眼睛中判斷他心中在想些什麼。

他又欠了欠身子，才道：「衛先生，我們請你來，是想請你帶一件東西離開本地，你一定肯答應的，是不是？」

我絕不知道他要我帶的是什麼，我也不高興他那種一定要我答應的口氣。我冷冷地道：「丁先生，你手下的走私網，轄及全世界，有什麼東西要勞動我這個局外人的？」

丁廣海的身子一動也不動，像是一尊石像一樣，而他的聲音也硬得像石頭，他講的仍是那句話，道：「我要你將一件東西帶離本地，你一定答應的，是不是？」

他講的話，硬到了有一股叫人無法抗拒的力量，我「霍」地站了起來，我看到甲板上每一個人都望着我，那個胖子的臉上，更帶着幸災樂禍的神色。

我知道如果我一拒絕丁廣海的要求，那一定要吃眼前虧的了。

我站了片刻，又坐了下來，表示我已認清當前的情勢，不準備有反抗的行動。但是我心中卻正在盤算着反抗的方法。

我攤了攤手：「那麼，至少要叫我明白，我帶的是什麼東西。」

丁廣海冷然道：「沒有這個必要，你在半途中也絕不能將它拆開來看，只消將它帶到指定地方，再交給我所指定的人，那就行了。」

我半欠身子，沉吟道：「這個——」

任何人都以為我考慮的結果，一定是屈服在丁廣海的勢力之下，而答應下來。所以胖子臉上那種高興的神情也消失了，槍手的戒備也鬆懈了。

但是就在這時候，我卻如同豹子一樣地向上跳了起來，我撞向一名槍手，我剛才注意這個槍手放槍的地方，所以我撞倒了他，他和我一齊躍起來的時候，他的手槍，已到了我的手中，這使他陡地一呆。

而他的一呆正是我所需要的，我將他的手腕握住，將他的手背扭了過來，他的身子擋在我的前面，我就可以安全了。

這一切全是在極短時間內所發生的，正當我以為我已獲得了暫時安全的時候，「砰」地一聲槍響，打斷了我的幻想。

隨着那一聲槍響，我身前的那個大漢身子猛地向前一跌，我的肩頭之上，也感到了一陣劇痛，一顆子彈，穿過了那大漢的胸口，射向我的肩頭。

那大漢毫無疑問，已經死了。

我抬頭向前看去，放槍的正是丁廣海，他的手中握着一柄精緻之極的左輪槍，他面如鐵石地望着我。他竟會毫不考慮地便殺死他的手下，這的確是令人所難以想得到的事情。

我鬆開了手——左手，右手同時鬆開。那大漢的身子倒在甲板上，血從他胸前的傷口向外淌去，在潔白的甲板上留下了殷紅的痕迹。我手中的槍也跌到了甲板上，我已受了傷，而且失去了掩護，沒有能力再堅持下去。

丁廣海緩緩地舉起槍來，向着還在冒煙的槍口，輕輕地吹了一口氣：「對不起，使你受傷了，我要你做的事，你一定答應了，是不是？」

我低頭看我肩上的傷口，血已將我整個肩頭弄濕了，我後退一步，倚着艙，才能站得穩身子，我苦笑着道：「我能不答應麼？」

丁廣海冷冷地道：「你明白這一點就好了，你什麼時候離去，不必你通知，我們自會知道，在你臨上機之前，將會有人將東西交給你。你要記得，今天的事情，不准對任何人講起，如果你傷口痛的話，也不要在人前呻吟，明白了麼？」

我只是望着他，一聲不出。在如今這樣的情形下，我有什麼話好說呢？

我呆了片刻，只是冷冷地道：「我已受了傷，難道能夠不給人家知道麼？」

丁廣海道：「當然可以，你在這裏，可以得到最好的外科處理。」

我在那艘遊艇之上，不但得到了最好的外科處理，而且還換上了一套西裝。那套西裝的質地、顏色、牌子，可以說和我身上所穿的那套，絕無不同。這使我知道了一件事，那便是丁廣海對我的注意，至少是在我一下飛機起就開始的了。

我當然不能肯定對我進行兩次謀殺的就是他，但是卻可以斷定，我此行又惹出了新的是非。

等我從艙中再回到甲板上的時候，丁廣海仍坐在帆布椅中，一個人死了，一個人傷了，但他卻始終未曾站起過身子來，「廣海皇帝」的確與眾不同。

我在兩個大漢的監視下，站在他的面前，他懶洋洋地揮了揮手，像是打發一個乞丐一樣，道：「去吧！」我回過身去，已有人將我引到了船舷，我走下了繩梯，上了快艇，快艇立即破浪而去，那艘遊艇向相反的方向駛去，轉眼之間，便看不見了。

我閉上了眼睛，將過去半小時之內所發生的事情，靜靜地想了一遍。我仍是一點頭緒也沒有，不知道丁廣海為什麼會突然看中了我，要和我進行這樣的一種「交易」。

我也不以為丁廣海之所以找上我的麻煩，是和我此行有關的，我是將他當作是額外的一件事。

當小艇在海面上疾駛之際，我已經思索好了對策，我當然不會就此吃了虧算數的，丁廣海欠我一槍，我一定要向他討還的，不論他是「廣海皇帝」或是

「廣海太上皇」，我都要他還我這一槍。

我的肩頭在隱隱作痛，但是我竭力忍着，我要照他的吩咐，不讓人知道我受了傷，因為我不想藉助外來的力量來雪恨。

我是大可以先通知杜子榮，在我臨上機的時候，將丁廣海的手下捉住，因為丁廣海的手下要送東西來給我帶回去。

然而我只是略想了一想，便放棄了這個念頭，我只是決定將離開這裏的時間延長，長到了使丁廣海感到不耐煩，再來找我。那麼我便可以在另一場合中和他接觸，當然，我仍然是失敗的成分居多，但總可以再和他們進行一次鬥爭的。

我一直在想着，直到小艇靠了岸。

我的汽車仍然停在岸上，車旁有兩個大漢在，等我走到了車旁邊時，他們向我咧齒一笑，讓了開來，我逕自打開了車門，駛車回奇玉園。

我在離開了電報局之後，再駛車回奇玉園，只不過相隔了四十分鐘左右。

所以，當我的車子駛進奇玉園，杜子榮恰好從奇玉園中走出來的時候，他並沒有驚詫於我離去太久。他靠近我的車子，問道：「你和熊勤魚通過電話了麼？咦，你面色怎麼那樣難看？」

我轉過頭去：「我感到不舒服，熊勤魚已答應立即派專人將錄音帶送來，我相信最遲明天一定可以送到供我們研究了。」

第五部

第三次謀殺

杜子榮點了點頭：「希望我們合作成功！」

我回到了住所，肩頭的傷痛，使我覺得暈眩，我躺在牀上，昏昏然像是要睡了過去，忽然，我聽得我的窗外響起了一種輕微的悉索聲。

我心中猛地一怔，雙眼打開了一道縫，人卻仍然躺在牀上不動。

我看到我的窗外，像是正有一個人影在閃動。但因為熊家大宅所有的玻璃窗，全是花紋玻璃的關係，所以我看不清那是什麼人。

這使我的警惕性提高，我全身緊張得一用力就可以彈起三五尺高下來。

就在這時候，我看到窗子上的一塊玻璃，鬆了開來，鬆開了寸許。

那當然是玻璃和窗框之間的油灰，早就被弄去了的緣故，所以玻璃才能被移開來。

我一手挨住了牀沿，已準備一有槍管伸進來的時候，便立即翻身到牀下去。可是出乎我意料之外的是，在玻璃被移開的隙縫中，所露出來的，並不是槍口，而是一隻手，在那隻手的食指和中指中間，挾着一條毒蛇。

手指正挾在那蛇的七寸上，三角形的蛇頭，可怖地膨脹着，毒牙白森森地閃光，晶瑩的毒液正像是要滴下來。

我陡地一呆間，那手猛地一鬆，毒蛇「嗤」地向我竄了過來。

本來我是立即可以躍起來去撲擊窗口外的那個人的，但是毒蛇正竄了過來，若是我向窗子撲去的話，無異是迎向那條蛇了。

所以我連忙向後退，拉起枕頭，向毒蛇拍了下去，對毒蛇的來勢，阻了一阻，然後，我一躍而起，站在牀上，一腳踢開了窗子。

然而，當我踢開窗子之後，窗外已經一個人也沒有了，我乘勢向窗外躍了出去，在窗外停了一停，只見那條毒蛇的尾部，已從枕頭之外翻了出來，毒蛇的整個口部，咬住了枕頭。

我在窗外呆呆地站着，剎那之間，我覺得我肩頭上的創傷，簡直算不了什麼了。

這是第三次謀殺了，一次比一次巧妙，如果剛才，我在那種昏昏然感覺之中，竟然睡着了的話，那麼我一定「死於意外」了。

天氣一點也不冷，可是我卻感到一股寒意，我急急地向杜子榮的房間走去，但是我還未曾到達那座月洞門，便碰到了王丹忱。

王丹忱正在督促花匠剪枝，他看到了我，便客氣地叫了我一聲，我走到他的身邊：「我要搬到西半院和杜先生一起住。」

王丹忱呆了一呆：「衛先生，你是熊先生的人，怎麼能和——」

我明白他的意思，因之不等他講完，便打斷了他的話頭：「在這裏，我的安全太沒有保障，王先生，你跟我來，我還有幾句話問你。」

我話一說完，也不等他答應，便走了開去。

我走開了兩步，轉過頭去，看到王丹忱的面上，現出了十分猶豫的神色，但是他終於起步走來。

王丹忱的那種神態，使我知道他的心中，正有着什麼需要隱瞞的事情。因為如果他不是有所顧忌的話，他定然立即跟來了。

我走到了屋角處才站定，轉過身來，開門見山地問道：「王先生，我應了熊先生的託付，到這裏來，你可表示歡迎？」

王丹忱「啊」地一聲：「衛先生，這是什麼話？我雖然算起來，是熊家的遠親，但是熊老太爺卻是我的恩人，當年若不是他一力拯救，我一定死在監獄中了——」

我心中一動，連忙道：「監獄中？當時你是犯了什麼罪？」

王丹忱的面色變了一變：「這是過去的事了，何必再提？我……我其實只能算是熊家的僕人，我怎有資格表示不歡迎？」

我緊逼着問道：「我是問，你心中對我的來臨，是不是表示歡迎？」

王丹忱道：「我根本未曾想過這個問題。」

我冷笑着道：「那麼你至少不是對我表示熱忱歡迎的了。我不妨向你直說，我此行的成功與否，和熊先生事業有莫大的關係，如果你隱瞞着什麼，那對你的恩人而言，十分不利。」

王丹忱忙道：「我沒有隱瞞什麼，我什麼也不知道，衛先生，你不必疑心我。」

我望着他，只是一言不發，王丹忱起先也望着我，但是他卻低下了頭去，只不過在他的面上，卻現出了十分倔強的神色。

我道：「好，但我是一定要搬過去的了，你命人將我的行李送過來，你還要去叫人在我的房中將一條毒蛇捉出來。」

王丹忱抬起頭來：「毒蛇，什麼意思？」

我不再說什麼，逕自向前走去，他仍然呆立在那裏，我見到了杜子榮，他正在看着一疊圖樣，那是熊家巨宅的詳細圖樣。他大概是在研究那巨宅之中是不是有什麼暗道地室之類的建築。

我一直來到他的身邊：「杜先生，我相信你不但研究房子，你對人一定也研究過的了？」

杜子榮抬起頭來看我：「這是什麼意思？」

我道：「王丹忱坐過監，他犯的是什麼罪？」

杜子榮的回答使我心驚肉跳，他只說了兩個字：「謀殺！」我忙道：「謀殺？那他怎麼能逃脫法律的裁判？」

杜子榮道：「這裏以前的政權相當腐敗，王丹忱是一個低級軍官，他曾經涉嫌謀殺五個同僚，但是證據卻不十分充分，熊老太爺因為王丹忱是他的遠親，所以才硬用勢力將他放了出來，他也一直成為熊家的管家。」

我呆了片刻：「看來他對熊家十分忠心……」

杜子榮苦笑了一下：「忠心到了可怕的程度，我一直懷疑，謀殺我的就是他。」我搖頭道：「那不可能，他要殺你可以講得通，但是他為什麼要殺我？他應該知道，我是在為他的恩人辦事。」杜子榮聳了聳肩並不回答。

我想了片刻：「或者他故意向我放毒箭，來使你放棄對他的懷疑？可是炸藥呢？毒蛇呢？」

杜子榮站了起來：「毒蛇，什麼毒蛇？」

我將有人放毒蛇進我的窗戶，我幾乎被毒蛇咬死的事情說了一遍。杜子榮來回踱了幾步，道：「這倒奇怪了。炸藥、毒箭、毒蛇，這正是王丹忱昔年所用的謀殺方法中的三樣。」

我撐住了桌子望着他，他走到一個文件櫃前，拉開了一個抽屜，取出了一份文件來：「你看，這是王丹忱昔年犯案的資料。」

我接了過來，在桌邊坐下，將那份資料翻了一翻，我看到了王丹忱過去的犯罪記錄，不禁感到陣陣發寒，我實在想不到像王丹忱這樣彬彬有禮，身材矮瘦的人，會有這樣的紀錄。

紀錄中表明，王丹忱為了一件極小的小事，用毒蛇、毒箭和土製炸藥，殺死了二十六個人之多。

我抬起頭來，杜子榮也望着我。

我搖了搖頭，表示我沒有法子解釋。我不認為謀殺我的是王丹忱，因為兩個原因：第一，第一次謀殺發生時，王丹忱和我一樣有被謀殺的可能；第二，我是為熊家來辦事的，王丹忱應該幫助我，而不應該謀害我。除非他對熊家的忠心是假的。

杜子榮道：「我下令逮捕他。」

我奇道：「你有證據？憑什麼逮捕他？」

杜子榮道：「我可以進行秘密逮捕，這人的心中一定有着極度的秘密，他先謀殺我，又謀殺你，目的全是一樣的，為的是不想我們發現他心中的秘密，我敢斷定，他心中的秘密，定然和那塊翠玉有關。」

杜子榮愈説愈是激動，聲音也愈提愈高，他剛一講完，忽然門口傳來了敲門聲。

杜子榮大聲道：「進來！」門被推了開來。我和杜子榮兩人都不禁一怔，站在門口的不是別人，竟就是王丹忱。就算王丹忱不是在門口站了許多時候的話，杜子榮的話他也可以聽到了，因為杜子榮剛才説得十分大聲，隔老遠就可以聽到了。

一時之間，杜子榮也不禁十分尷尬，王丹忱站在門口，像是他十分膽怯一樣，低聲叫道：「衛先生，杜先生，我有一件小事來找你們。」

杜子榮道：「請進來。」

王丹忱走了進來，在我的對面坐下，他伸手向我在看的資料指了一指：「衛先生，你在看我過去的資料是不是？如果不是熊老太爺救我，我早已是亂葬崗上的枯骨了。」

王丹忱講來，令人十分毛骨悚然，我和杜子榮兩人，都不出聲，也不明白他來意何在。

王丹忱舔了舔口唇：「我是工兵，我對於土製的炸藥，很有心得。」他一面說，一面竟從袋中，摸出了一個用油紙包着的方盒來。

杜子榮厲聲道：「這是什麼？」

王丹忱手按在盒上，他的聲音十分平靜，道：「這是一個土製炸彈。」

杜子榮的感覺如何，我不知道，我自己則是聽得王丹忱那樣說法，便陡地一驚，欠身過去，想將那盒東西搶了過來。

可是王丹忱卻立即道：「別動，你一動，我手向下一按，炸藥就炸了。」

我的身子還是動了一動，但是卻是人家看不出來的一種震動，我只是震了一下。杜子榮的神色，居然也十分鎮定，他道：「這算是什麼？」

奇怪的是，王丹忱仍然是一副可憐巴巴的樣子，看來像是他正要向我們兩人借錢，而不是拿着一個土製炸彈在威脅着我們。

他緩緩地說：「我想和兩位先生談談。」

我竭力使自己輕鬆，向那罐炸藥指了一指：「你不以為如果將手移開去，我們談話的氣氛，便可以更加好一些麼？」

他搖了搖頭：「不，還是放在上面好，只要兩位聽明白了我的話，我的手是不會按下去的。」

杜子榮直了直身子：「王丹忱，真如你所說，你手一按下去的話，炸藥便會爆炸，那麼第一個粉身碎骨的是你自己。」

王丹忱慢慢地點了點頭：「在理論上來說，的確是那樣的，但實際上，我先死，和兩位遲死，只不過是幾百分之一秒的差別，因為爆炸所產生的殺人氣浪，擴展速度是十分迅速的。」

我大聲道：「那麼，你自己也難免要一死的，是麼？」

王丹忱睜大眼睛，像是我所說的這句話十分滑稽一樣。接着，他道：「我死了算什麼呢？我不是早就應該死在獄中的麼？」

我又道：「那麼你是至今懷念着熊老太爺的救命之恩了？你可知道我這次來，是來尋找那塊翠玉，去挽救熊勤魚行將破產的事業麼？」

王丹忱點了點頭：「我知道。衛先生，如果你肯聽我的話，那你快回去，告訴熊先生，說你已經失敗了，叫他……唉，叫他另外設法。」

我沉聲道：「為什麼？」

王丹忱緩緩道：「不要問我。」

杜子榮向我使了一個眼色：「那麼，我應該怎麼樣呢？」

王丹忱道：「你也離開這裏，你們永遠找不到這塊翠玉。」

我早已知道，在王丹忱的心中，有一個絕大的秘密，那秘密則可能關係着我此行的目的，如今，王丹忱已經自己透露了這個大秘密。

我一聽，立時「哈哈」大笑了起來：「你完全弄錯了，我們已經完全明白這其中的原委了。」

王丹忱的面色陡地一變，身子也直了一下，我手中早已偷偷地握住了一枝鋼筆，在等待着機會，而我之所以在忽然之間哈哈大笑，故作驚人之語，也就是為了要使王丹忱呆上一呆。就在他一呆之際，我手一揚，那枝鋼筆已如箭也似向前射了出去，正好射在他右肘的「麻筋」穴上，令得他的一條右臂，不由自主，彈了起來。

那條「麻筋」如果受到了外力的撞擊，那麼手臂，在一震之後，剎那間便會軟得一點力道也沒有，這幾乎是每一個人都經歷過的事。

我一看到王丹忱的手臂提了起來，便叫道：「快！」

由於我坐得離王丹忱較遠，而且兩人之間還隔着一張桌子，所以我沒有法子動手去搶那罐炸藥，而時間又只允許我說出一個「快」字來，我希望離得王丹忱較近的杜子榮，能夠明白我的意思。

杜子榮不失是一位十分機警的人，我才叫了一聲，他已倏地一伸手，五指抓住了那隻罐頭，手臂一揮，便向外疾拋了出去。杜子榮伸手將炸藥搶走，這是在我意料之中，也正是我所希望的事。

但是我卻未曾想到杜子榮一搶到了炸藥之後，竟會跟着便向外拋去。

杜子榮顯然是軍人出身的，而剛才的緊張，使得他產生了一種錯覺，認為那是立即會自動爆炸的手榴彈，所以了一抓到手，便向外拋去。

那罐炸藥落在窗外兩碼處，緊接着，便是驚天動地的一下巨響。

我眼看着窗外七八株高大的芭蕉樹如同毽子似地向上飛了起來，接着，正如王丹忱所說，爆炸的氣浪擴展的速度是十分驚人，我身子被一股大力，湧得向後跌了出去，同時，我聽到一下慘叫聲。

由於那一下慘叫聲來得尖銳、難聽之極，而整間屋子又為爆炸所震坍，灰塵磚屑，如雨而下，所以我也無法辨別出這一下慘叫聲是王丹忱還是杜子榮所發的。

我只是立即雙手抱住了頭，鑽到了一張桌子的下面。我剛鑽到桌子之下，又是一聲巨響，眼前完全黑暗，我已被坍塌下來的屋子埋沒了。

幸而我早在桌子之下，桌子替我擋住了從上面壓下來的瓦塊和磚頭，使得我的身子，還不至於完全被瓦礫所埋沒。

但是我所能活動的範圍，卻也是小到了極點，我只能略略地舒動一下腳，而我幾乎沒有法子呼吸，因為僅有的空間中，滿是塵沙。

我先吃力地撕下一塊襯衣來，掩在口鼻上，吃力地吸了兩口氣，然後，盡量使自己鎮定下來。科學家已證明人愈是慌張和掙扎，便愈是消耗更多的氧氣，而桌子下的那一個小空間中，顯然是沒有多少氧氣的，我如果不「節約使用」的話，很可能在我被人掘出之前，便已經窒息而死了。

我也試過用力去頂那張桌子，但壓在我上面的磚石，一定有好幾噸之多，因為那張桌子一動也不動。

我在黑暗之中等着，在那一段時間中，我覺得自己彷彿像是軟體動物中的鑿穴蛤。這種蛤在堅硬的岩石中鑽洞，鑽進去了之後，便一生不再出來。我覺得我的呼吸漸漸困難，但是終於我聽到了人聲。

在聽到了人聲之後不久，我看到了光亮，我大叫道：「我在這裏，我在這裏！」

我叫了兩聲之後，我眼前的亮光，迅速地擴大，我聽得有人叫道：「好了，三個人都被掘出來了。」

我抓住了伸進來的兩隻手，身子向外擠去，終於，我出了瓦礫堆。我大口大口地吸着氣，一時之間，我除了吸氣之外，什麼都不想做。

足足過了三分鐘，我才向四面看去。奇玉園的建築，實在太古老了，那一罐炸藥，至少炸毀了七八間房間。幸而只有我們這一間房間是有人的。

我站了起來，這才看到杜子榮正倚着一株樹，坐在地上，一個醫務人員正在為他包紮，他看到了我，苦笑了一下，我看到他的傷勢並不重，就知道在爆炸發生時，發出慘叫的並不是他了。

我又看到了王丹忱，王丹忱躺在地上，身上全是血，一個醫生正在聽他的心臟。

我連忙走了過去，那醫生抬起頭來：「他沒有希望了。」

杜子榮也掙扎着站了起來：「醫生，他可以在死前講幾句話麼？」

醫生道：「那要看注射強心針之後的效果怎樣，才能決定。」

醫生轉過身去，一個醫務人員已準備好了注射器具，杜子榮和我，看看醫生將強心針的針液，慢慢地注進王丹忱的身體內。

等到醫生拔出了注射器之後，約莫過了三分鐘，王丹忱的眼皮，才跳動着，慢慢地睜了開來，他望着我和杜子榮，一言不發。

杜子榮抓住了他的手，用力地握着：「謀殺我和衛先生的，是不是你？」

王丹忱道：「不……不是我。」

王丹忱是沒有理由再說謊的，我在他的眼神中，可以看出他自知不久於人世了，一個自知快要死的人，為什麼還要否認犯罪？他說不是他，那麼一定另有其人。

我疾聲問：「那你為什麼帶炸藥來找我們？」

王丹忱道：「我想你們離開……奇玉園……」

他的聲音已經弱到不能再弱了，我連忙又問道：「那塊翠玉——」

我只講了四個字，便停了口，等王丹忱接下去講，這樣，就可以使王丹忱產生一個錯覺，以為我早已知道了他心中的秘密，那麼他在死前，或許會透露出他心中的秘密來。

杜子榮顯然也明白了我的用意，他立時屏住了氣息，等候王丹忱的回答。

王丹忱的胸口，急促地起伏着，他臉上現出了一個十分慘淡的笑容：「那翠玉……那翠玉……」

我又不能催他，但在他重複地講着「那翠玉」這三個字的時候，我的心中，實是着急到了極點。

杜子榮顯然和我同樣地着急，他雙手握着拳頭，甚至連指骨也發出了「格格」聲來。

我知道他心中和我存着同樣的感覺，那便是，在王丹忱的話一講出來之後，我和他就成為敵人了。

如今的情形，就像是百米賽跑未開始前一剎那一樣，我伏在跑道的起點上，只等槍聲一響，便立時向前衝刺，誰先起步，對於誰先到終點，有着決定性的作用。

我和他同樣緊張，而王丹忱的聲音，則愈來愈是斷續，他在連喘了幾口氣後，道：「那翠玉的秘密……那翠玉……石硯……錢……椅……」

他才講到這裏，喉間便響起了一陣「咯咯」的聲音來，那一陣聲音，將他下面要講的話，全都遮了下來。那是他立即就要斷氣的現象！

如果王丹忱剛才所說的是別的話，那麼我一定用中國武術上特有的打穴手法，去刺激他的主要穴道，使他再能夠得到極短暫時間的清醒。

可是，剛才王丹忱所說的是什麼？

他講的那半句話，正是熊老太爺臨死前的遺言，這一句話，我和杜子榮兩人是熟到不能再熟的了，又何待王丹忱來覆述一遍？

我大聲道：「別說這些，那翠玉究竟怎樣了？」

王丹忱睜大了眼望着我，喉間的「咯咯」聲愈來愈響，我伸手出去，想去叩他的頭頂上的「百匯穴」，但是我的手剛伸出來，王丹忱睜大的眼睛，已停止不動，而喉間的「咯咯」聲也聽不到了，他靜了下來，他永遠不能再出聲，他已死了！

我向杜子榮望了一眼，他也向我望了一眼，我們兩人相視苦笑。

第六部

熊老太爺的秘密

剛才的緊張，突然變得異常可笑。王丹忱所說的話，就是我們所熟知的，他全然未曾講出什麼新的秘密來。

呆了好一會，我才緩緩地道：「杜先生，看來我們還要好好地研究熊老太爺臨死前的遺言，因為王丹忱死前想說而未曾說出來的，顯然也是這句話。」

杜子榮發出了無可奈何的苦笑：「當然我們要好好研究，可是我已研究了兩年。」

王丹忱死了，但是他的死並未曾使麻煩停止，反倒使他心中的秘密，也隨之而要永埋地下了。

我和杜子榮一起離開了爆炸現場，我們兩人全都不出聲，只是默默相對。

我們慢慢地向外走去，到了另一個院落，杜子榮才道：「王丹忱說對我們進行謀殺的不是他，那我們還要仔細提防，我們住在一起可好？」

我點頭道：「不錯，我們可以一起工作，你不覺得事情遠較我們想像來得複雜麼？」

杜子榮道：「是的，我想這兩年來，我一定鑽在牛角尖中，所以我們愈是向牛角尖鑽，便愈是莫名其妙，我們一定要另闢道路才是。」

他一面講着，一面眼睛眨也不眨地望着我。我知道他心中一定有什麼事情在想着，只不過未曾說出來而已。我便問他：「你是說——」

杜子榮笑了一笑：「我是說，當我們在合作的時候，我們要真正的合作，絕不要在合作中向對方玩弄花樣。」

我不禁怒道：「你這是什麼意思？」

杜子榮續道：「我以為我們兩人之間，絕不應該有什麼互相隱瞞的事情。」

我心中怔了一怔：「你以為我向你隱瞞了什麼事情？」

杜子榮突然一伸手，向我的肩頭上按來，我連忙側身以避，可是我肩頭上的槍傷，卻因為太以急驟的動作而產生一陣劇痛，那陣劇痛使我的動作慢了一慢，杜子榮的手也順利地按上了我的肩頭。

從杜子榮敏捷的動作來看，他對於中國的武術，顯然也有極高的造詣。

我神色尷尬，杜子榮則道：「兄弟，你肩頭上受了傷，我想是槍傷，而且是你早上出去的時候受傷的，你為什麼不對我說？」

我忙分辨道：「這和我們合作的事情沒有關係，我何必對你說？」

杜子榮搖頭道：「不，你是為了熊家的翠玉到這裏來的，你的任何遭遇，可以說都和我們在努力着的目標有關，你是怎麼受傷的？」

我不能不將早上的遭遇說出來了，我先簡單地說了一句：「是丁廣海射傷我的。」

杜子榮的身子，陡地一震，向後退出了一步，他的聲音變得十分尖鋭：「誰？」

我道：「丁廣海，廣海皇帝。」

杜子榮立即道：「和他有什麼關係，事情和他難道有關係麼？」

他在自言自語，我不滿意地道：「我早就和你說事情和奇玉園是絲毫無關的了。」

杜子榮卻大聲道：「不！你不知道，當奇玉園在全盛時期，丁廣海是這裏的常客，你是怎麼受傷的？你對我詳細地說上一說。」

我和他一齊走進了一間屋子，坐了下來，將早上的事情，和他講了一遍。

杜子榮不斷地在踱着步，雙手互擊着，口中則不斷地在自己問自己：為什麼呢？他要你送什麼呢？那是什麼東西？

我大聲道：「我不認為事情和我們的工作有關，你還是別多費心神了。」

杜子榮道：「不，我相信是有關係的，不過我們可以暫時將這個問題擱一擱，我相信在錄音帶送到之前，我們沒有別的事情可做了。」

我則搖頭：「有事情要做，王丹忱並不是兇手，我們要找出兇手來。」

杜子榮沉默了片刻，才道：「你已受了傷，需要休息，讓我來多做一些事情好了。」

我不再多說什麼，在一張寬大的椅子上躺了下來，我也的確需要休息，而杜子榮則去吩咐人準備我們兩人的臥室。

當天晚上，我們仍然研究着杜子榮這兩年來所做過的事情，而一無收穫。杜子榮的工作可以說十分之精細，照說，那塊翠玉應該被找到，但事實上卻沒有。

我的結論是：翠玉不在熊家巨宅之中。

但是杜子榮的結論則和我相反，他認為沒有任何迹象表明，這塊翠玉會在別的地方。

第二天上午，熊勤魚派來的人，已經到了奇玉園。那人帶來了錄音帶，也帶來了一封信，是熊勤魚給我的。

熊勤魚在信中，又一再拜託，要我千萬找到那塊翠玉。

其實，熊勤魚不必催促我，我也想盡力完成這件事的，因為這可以說是我第一次的擔任重責，絕不想出師不捷。

我打發了那人回去，杜子榮則已利用我和那人交談的時間，將錄音帶聽了三遍，我走到他身邊的時候，那卷錄音帶正被他作第四遍的播放。

杜子榮只是抬頭向我望上了一眼，便示意我仔細傾聽。我在錄音機旁，坐了下來。

從錄音機中傳出的，是一陣十分凌亂的聲音，有腳步聲、交談聲，也聽不出什麼道理來，接着，有一陣沉重的腳步聲傳了過來，一個婦人的聲音響了起來，道：「別吵了，醫生來了。」

凌亂的聲音靜了下來，接下來的，便是醫生沉着的聲音和醫生吩咐護士的聲音，醫生講的是英語，我聽出他吩咐護士準備的是強心針注射劑，那表示醫生一看到了病人，便知道病人沒有希望了。

再接下來的，便是靜默，但也不是絕對的靜默，我可以聽到許多人在喘息，而其中一個喘息之聲，一聽就知道是發自病人的。

那種情形，持續了約五分鐘，接着，別人的呼吸聲，一齊靜止，聽到的是病人一人的濃重喘息聲，可以想像得到，那是病人在注射了強心針之後，病人已在開始動彈了。

接着，又是一個婦人的聲音（那自然是熊勤魚的夫人），道：「老爺，老爺，你好點了麼？」

那口音竟不是廣東口音，我連忙望了杜子榮一眼，杜子榮道：「熊夫人是四川人。」

我繼續聽下去，只聽得一陣咳嗽聲，接着，便是一個十分微弱的聲音：

「勤魚……勤魚……」

熊夫人忙道：「勤魚不在，他在外國，是老爺你吩咐他去的。」

又是一陣劇咳。

那聲音又斷斷續續地響了起來，杜子榮在這時，突然一按暫停掣，抬起頭來：「注意，以下便是老頭子的遺言了！」

我點了點頭，杜子榮又鬆開了手，在一陣喘息之後，我聽到了熊老太爺的聲音。

那聲音十分模糊，而且邊夾雜着「咯咯」之聲，當然那是由於熊老太爺的喉間有着濃痰的緣故。

那就是熊老太爺垂死前的聲音了，我聽到其餘的聲音都靜了下來，熊老太爺喘了半晌氣，才道：「勤魚不在，我……也非說不可……了！」

由於他的聲音十分模糊，我們用心聽着，也只是僅堪辨聞的程度。

而在這一句之後，又是長時間的喘息，然後才又是聲音，道：「那……翠……玉……石硯……錢……椅……書……桌……千萬保守秘……」

實際上的那個「密」字還未曾出口，熊老太爺便已斷了氣，雜亂的聲音又傳了出來，還有一些出於傷心的嚎哭聲。

杜子榮「啪」地一下，關上了錄音機，道：「你的意見怎樣？」

我將錄音帶捲回來，在最要緊的地方重放，又重放，我聽了四遍，才抬起頭來，我心頭茫然，我想我的面色一定也十分茫然。

杜子榮連忙問我，道：「你想到了什麼？」

我的確是想到了一些什麼，但是卻又十分空洞而難以捉摸，十分虛幻，甚至我還在自己嘲笑自己的想法。我呆了半晌，才反問道：「別問我，你想到了什麼？」

杜子榮嘆了一口氣：「在未曾聽錄音帶之前，我還認為在聽了錄音帶之後，會有新的發現，但如今我卻放棄了，我承認失敗了。」

我奇道：「你不再尋找那翠玉了？」

杜子榮大聲道：「你叫我怎麼找？你聽聽！」他學着熊老太爺死前的遺言，道：「石硯……錢……椅……書桌……這是什麼話？」

我聽了杜子榮的話之後，又是陡地一愣。

杜子榮原籍是福建人，他的口音很特別，當他在高聲唸着那句遺言的時候，如果不是早已知道他唸的是什麼的話，那是絕不容易聽清楚的。

這正和我剛才興起的那種還十分空洞的想法相合，如今，我那種空洞的想法，已經有了一個輪廓了。

我連忙來回走了幾步，竭力想將這個輪廓固定起來，我道：「你將熊老太爺的遺言，再唸上一遍來聽聽。快唸！」

杜子榮瞪着我，道：「你開什麼玩笑？」

我催促道：「你快唸，中間不要停頓，將一句話一口氣地唸下來。」

杜子榮仍不出聲，他眨着眼，那顯然是他雖然不出聲，但是卻在腹中暗唸那一句話。

他的眼中，漸漸地出現了一種跳動的光采，忽然道：「完全不是那個意思？完全不是那個意思？」

我點頭道：「對了，完全不是那個意思，這句話從一開始起，便給人誤解了，這當然是由於熊勤魚不在，而熊勤魚夫人又是四川人的緣故，我想她根本未曾聽懂熊老太爺的遺言。」

杜子榮直跳了起來，叫道：「根本不是那個意思？」他像瘋了似地揮着手，叫着。我要大聲喝叫，才能阻止他的跳躍。

杜子榮喘着氣，道：「完全不是這個意思，我明白了，我去找一個熊老太爺的同鄉人來，讓他來聽聽熊老太爺的這句遺言。」

我道：「對，這是最簡單的方法，唉，熊夫人如果不是將那句話誤寫下來的話，熊勤魚也早應該聽出來了，但有了這句誤解的話之後，人們有了先人之見。便循着那句話去思索，牛角尖也愈鑽愈深了。唉，由此可見，偏見有時是何等根深蒂固，難以消除。」

杜子榮匆匆地走了出去，又急急地走了回來。在他離開的那一段時間內，我竭力地思索着，當他又走進來的時候，我抬起頭來，道：「我也已明白了。」

我向前跨出了一步，道：「我們可要相互印證一下麼？或許我們的理解，還有不同。」

杜子榮道：「我看不必了，衛先生，你可以回去了，你的任務已完成，你不能將那塊翠玉帶回去，那不是你的過錯。」

我搖了搖頭，道：「杜先生，你這樣說法是什麼意思？你忘了我們有着共同尋找這塊翠玉的君子協定的麼？你可是想反悔了麼？」

杜子榮詫異地道：「你……還未曾知道熊老太爺遺言的真正意思麼？」

我笑道：「我當然知道，熊老太爺的遺言是說：『那翠玉十年前已輸左！』這正是熊勤魚夫人記下的那句話的諧音，那是熊老太爺一直保守秘密的事，所以他說完之後，仍然要人保守秘密，但是熊勤魚夫人都將這句話完全聽錯了，以致變成了『石硯……錢椅……書桌』，這使你鑽了兩年的牛角尖。」

杜子榮不住地點頭：「你說得是，那翠玉既然早已給熊老太爺輸掉了，我們的協定自然也結束了。」

我直走到他的身前：「你完全錯了，在沒有找到那塊翠玉之前，你我之間的協定，不可能結束的，我們還要在一起努力。」

杜子榮呆了半晌，才道：「這不是太過分些了麼？」

我搖頭道：「絕不，你不能不公平地對待我們的協定，告訴我，你可是已經知道，熊老太爺是將這塊價值連城的翠玉輸給什麼人的了？」

杜子榮默然不語，我冷笑了起來，「其實，我也想到了。」

杜子榮奇道：「你也想到了，怎麼可能？」

我冷笑道：「為什麼不可能。這塊翠玉的目標太大，在你們的國家中，是絕對無法公開發售的，因為它已成了新政府的目標。而如果將之割裂，那又大大地影響了價值，偷運出去，卻又因為緝查得緊，而沒有這個可能，所以，這塊翠玉，仍在本市。」

杜子榮的面色漸漸凝重。

我又道：「熊老太爺會將這塊翠玉輸掉，他所參加的一定是一個騙局，而不是一個賭局，而我來到這裏，本來是為了翠玉而來的，卻又受到了第一號罪犯組織巨頭的注意——」

我講到這裏，頓了一頓：「前因後果合起來，還得不出結論來麼？」

杜子榮和我對望了半晌，兩人才一字一頓地道：「丁廣海！」

兩人講出這個名字之後，又呆了好一會，我才坐了下來，不由自主地嘆了一口氣：「丁廣海這個人，實在太聰明了。」

杜子榮道：「是，他太聰明了，他先謀殺我，是唯恐我知道了熊老太爺遺言的秘密之後，便向他追索翠玉，後來知我鑽在牛角尖中，便放過了我，而來謀殺你，等到知道你也不可能了解熊老太爺遺言的秘密，而會鎩羽而歸時，他便要你帶一樣東西回去，你是為什麼而來，是所有人知道的，你失敗而回，也是人人知道的，在那樣的情形下，還有什麼人會懷疑那塊翠玉是在你的身上？」

杜子榮的話，正和我心中所想的一樣。

可是在那一瞬之間，我卻突然想到了一點：那便是，在我和丁廣海見面之後，仍有人放毒蛇咬我！這證明謀害我的人，是在奇玉園中的，他因為未曾和丁廣海及時聯絡，所以才繼續執行謀殺我的命令。

而我進行這件事是成功是失敗，誰又會知道得最清楚呢？

我和政府方面的緝查人員已有了協定，我失敗而歸，政府人員對我便不加注意，丁廣海又是如何知道的呢？

丁廣海又何以肯定我帶了他交給我的東西上機之後，會全然不受檢查呢？

我愈想愈是疑惑，我的心中，也愈來愈是駭然，我望着杜子榮，一直望着他，但是卻一聲不出，他給我的印象是如此精明、能幹，這樣一個能幹的人，會在一個其實並不十分複雜的問題之上，鑽了兩年之久，而一點成績都沒有麼？

我心中的疑點漸漸擴大，本來連想也沒有想到過的事，本來是絕不可能的事，在一剎間，變得有可能了。

我仍然一動不動地望着杜子榮，我面上木然而無表情，我相信杜子榮絕不能在我的面上看出我正在想些什麼來。

杜子榮開始時，輕鬆地來回走着，回望着我，可是漸漸地，他卻有些不自在起來。

他用手敲着桌子：「不錯，丁廣海要你帶的一定是那塊翠玉。」

我又望了他好一會，才道：「本來或者是的，但如今，他要在機場交給我的，一定是一枚炸彈。」

杜子榮道：「炸彈，為什麼？」

我冷冷地道：「因為我已知道熊老太爺遺言的秘密，他不能收買我，就一定要害我。」

杜子榮乾笑了起來，拿起暖水壺來，慢慢地在杯子中倒着茶。

第七部

翠玉的下落

我忽然俯身，用十分尋常的聲音問道：「你究竟是什麼時候就知道了熊老太爺的秘密？」

杜子榮的身子猛地一震，熱水沖到了桌子上，他突然轉過身，一揮手，手中五磅熱水瓶，向我直飛了過來，我身子一閃，「砰」地一聲響，熱水瓶碰在牆壁上，砸成了粉碎。

我跳到了沙發的旁邊，又道：「丁廣海給了你多少賄賂？」

杜子榮突然擊出手槍，但是我膝蓋一抬，那張沙發已被我膝蓋一頂之力，頂得向前滑了出去，正好撞中了杜子榮。

杜子榮身子一仰，「砰砰砰」三聲響，三槍一齊射到了天花板上。

這時，我人也已飛撲了過去。杜子榮或者也學過一些武術，但他卻不是我的敵手，我一到了他的身前，手肘一撞，已撞在他右臂的關節之上，他的手臂發出了「格」的一聲響，我不敢肯定他的手臂骨已經折斷，但是至少已經脫骨，他右臂軟了下來，手中的槍也「啪」地跌到了地上。

他的部下恰在這時候探進頭來，杜子榮道：「沒有什麼，你們別理。」

他的部下退了出去，我拾起了手槍，我們兩人又坐了下來，面對着面，但是情形和十分鐘之前，卻大不相同，杜子榮面色蒼白，抱着右臂，好一會，他才道：「你想怎麼樣？」

我拋了拋手中的手槍：「杜先生，你的手段也未免太辣一些了，你接連對我進行了三次謀殺，卻又編造了一個自己也曾中過毒箭的故事，你一定還有同黨，那倉皇溜走的人影，一幅衣襟等等，當然全是你佈置的把戲了，是不是？」

杜子榮並不理會我的話，只是重複地問道：「你想怎麼樣？」

我將手槍擺在膝上，槍口向着杜子榮：「被人謀殺三次的滋味，不怎麼好受，但是我也可以算了，而且，你是否忠於你工作的政府，這也是和我絕沒有關係的事情，你明白麼？」

杜子榮道：「我當然明白，你要什麼條件？」

我的回答十分之簡單：「那塊翠玉。」

杜子榮搖頭道：「沒有可能，那不是我的東西，它在丁廣海的手中。」

我站了起來：「那麼，你帶我去見他，我可以當他的面指出，他是用不正當的手段贏得那塊價值連城的翠玉的。」

杜子榮卻搖了搖頭：「你錯了，那一副牌，熊老太爺是四條七，丁廣海是四條八，丁廣海用他控制下的全部船隻來押那塊翠玉，丁廣海贏了。」

我冷冷地道：「你也在場麼？」

杜子榮苦笑道：「當然不，我是聽丁廣海說的。」

我聳肩道：「那就行了，每一個做了壞事的人，都會用最好的言語來掩飾他的壞行徑，你帶我去見丁廣海，現在就去！」

如果我那時是現在這個年紀，我是不一定會要杜子榮帶我去見丁廣海的，但那時我卻還年輕，和所有年輕人一樣，有一股天不怕地不怕的傻勁，驅使我要去見丁廣海。

我要去見丁廣海，一則是為了要當面揭露他的秘密，使他不安——這塊翠玉既然是政府必得之而甘心的物事，那麼消息泄露了出來，對他十分不利，他不敢和政府正面作對。二則，我肩頭上的那一槍，不能就此白白地算數。杜子榮道：「你去見他有什麼好處？我們不如談談別的條件吧。」

我冷冷地道：「你大概已和他聯絡過了，他想出多少錢來賄賂我？」

杜子榮吞了一口口水，道：「二十萬英鎊。」他對這個數字顯然十分眼紅，所以在說出來之前，才會吞下一口口水的。

杜子榮提出的數字，引起了我一陣冷笑聲：「是不是包括我將那塊翠玉帶出去的酬勞在內？」

杜子榮道：「當然是，你可是答應了？那我們仍然可以合作。」

他一面說，一面伸出了手來，我握住了他的手，但是我卻並不是和他握手，我猛地一拉，將他從沙發之上拉了起來，然後，我手臂一揮，將他的身子，扭得在半空之中翻了一個筋斗，重重地跌到了地上。

他在地上翻着白眼向我望着，我冷冷地道：「帶我去見丁廣海。」

杜子榮吃力地爬了起來：「好，你要去見他，那是你的事情，我可以帶你去。」

我喝道：「走，現在就走。」

杜子榮走到了電話機旁，打了一個電話：「我姓杜，是奇玉園中的，我要見廣海皇帝。」

那邊的聲音，隱隱地從電話筒中可以聽得出來：「你先到第七號碼頭上去等候。」

杜子榮放下了電話：「我們去吧。」

由他駕着車，我們一齊向市區駛去，到了沿海的大路上，碼頭上大小船隻擠在一起，使得海水成了骯髒的濃黑色。

來到了七號碼頭前，便有一個苦力模樣的人迎了上來，道：「杜先生，是你要見廣海皇帝？」

杜子榮道：「我和他，他是衛斯理，已和廣海皇帝見過面的。」

那苦力向我上上下下地打量了幾眼：「請你們到中央大廈七樓七〇四室去。」

中央大廈是在市區的另一端的，我覺得有些不耐煩，道：「他可是在中央大廈麼？」

那苦力向我冷冷地望了一眼：「你到了那裏，自然會知道了。」

我立時大怒，想衝向前去，教訓教訓那傢伙，但是卻被杜子榮拖到了車中。

二十分鐘後，我們到了中央大廈七〇四室。那是一間中等規模的商行，我們會到這裏來，顯然早已有了通知，一個女職員模樣的人將我們引進了會客室。

我們等着，過了十分鐘，一個中年人走了進來，他進來之後，一言不發，便取起了電話，交給杜子榮，道：「廣海皇帝不能接見你，但是他可以和你通電話。」

杜子榮待要伸手去接電話，可是我卻先他一步，將電話搶到了手中。那中年人作勢欲向我撲來，但我的動作比他更快，一欠身，反掌一劈，劈在他的肚子上，痛得他「哇」地一聲，叫了起來，彎下身去。

「什麼事？」我聽到了丁廣海的聲音，在電話中傳了起來。

我笑了一下：「是你的手下，中了一掌之後在怪叫，你聽不出來麼。廣海皇帝！」

丁廣海「哼」地一聲：「是你，你肩頭上的傷痛沒有使你得到教訓？」

我道：「當然它使我得到了教訓，它教訓我要好好地對付你，不要大意。」

丁廣海放肆地笑了起來。我則在他的笑聲中冷冷地道：「那塊翠玉在你手中，而政府是早已將這塊翠玉列為國家財物。而你行賄國家的高級工作人員，這也夠使你到監獄中去做很久皇帝的了。」

丁廣海的笑聲，突然停了下來，我們兩人都沉默着，那中年人已經直起了身子來，狠狠地望着我，但因為我和他們最高首領在通電話，所以他不敢將我怎麼樣。

好一會，丁廣海才道：「你以為你可以脱身麼？」

他的這句話，充滿了陰森可怖的味道，使得我握住電話的手，也為之一振，幸而我不是在他的對面，他看不到我的弱點。我把聲音鎮定：「你以為我不可以脱身麼，嗯？」

丁廣海道：「我很喜歡你，你要多少？」

我的怒氣又在上升，我道：「你曾經通過杜子榮，提出過二十萬鎊的這個數字，是不是，我對這個數字不滿意，我要兩億鎊。」

任何人都可以知道我是在開玩笑，「啪」地一聲，丁廣海掛了電話，他顯然被激怒了。

我也立即感到我處境的危險，裝着仍和丁廣海在通電話，這樣，我面前的那中年人和杜子榮，或是在暗中監視我的人，以為我還在和丁廣海通話，便會不敢向我動手，我笑着，道：「這數目太大了些麼？」

我一面說，一面站了起來，突然之間，我出其不意地一腳，踢向那中年人的下陰。

那中年人痛得面色慘白，俯下身去，我一躍而起，已在他腰際抽出了一柄手槍來，我奪門而出，「砰砰砰砰」連放四槍，外面辦公室中的十幾個職員，在槍聲之下，都縮成了一團。

我衝到了門口，立時奔到了走廊的盡頭，迅速地向下奔了兩層，到了五樓，這是一幢寫字樓大廈，每一層都有着規模不同的各種各樣的商行，我在五樓的走廊中迅速地走着，看到了一塊「東南通訊社」的招牌。

我收起了手槍，推門而入，一個女職員抬起頭來望我，我走到她的面前，道：「我想借打一個電話——同時，我可以向你們通訊社，提供一項轟動全國的大新聞。」

那女職員用鉛筆向一具電話指了一指，我三步併作兩步，跨到了電話之旁，拿起了話筒，道：「接線生，替我接警方最高負責人。」

可是，電話中卻傳來了一個十分冷森的聲音：「對不起，衛斯理，你不能和警方通電話。」

這是絕對出乎我意料之外的事情！我已經下了兩層樓，到了一家通訊社的辦公室中來借打電話，如何電話中還會傳來了丁廣海黨徒的聲音？難道那麼湊巧，我剛好又撞進了丁廣海的巢穴？

我倏地放下電話，轉過身來，那女職員的椅子已轉了過來，她的桌上，一具看來像是插墨水筆的筆插也似的東西正向着我，而她的手則放在那筆插上面，我立即明白那是一柄手槍。

而且，我也明白，不是我運氣不好，又撞進了丁廣海的巢穴，而是整座中央大廈之中，形形色色的寫字樓，全是丁廣海的巢穴。

我的槍在褲袋中，若伸手去取，是不會快過那女職員已按在武器上的手的。

而且，門開處又有兩個人走了進來，那兩個人都帶着不懷好意的笑容。他們一進屋，就分兩旁站了開來，並不向我說什麼，他們的手中，熟練地玩着手中的槍，像是在變魔術一樣。

在那兩個大漢之後，門又被推了開來，又是四個人走了進來。

在那四個人之後，一個瘦子，像鬼魂一樣地溜了進來，直到我的身前，道：「槍。」

我裝着不知，道：「什麼槍？」

那瘦子道：「你的槍剩三顆子彈，德國克虜伯工廠一九四五年出品的G型左輪槍——你還要我說得再詳細些麼？」

我伸手自袋中取出那柄槍來，槍口一轉，突然對住了那瘦子，那瘦子給我嚇得「騰」地向後退出了一步，我笑了一笑：「小朋友，不必怕！」我一揮手，槍便「啪」地跌到了地上。

我眼看着那瘦子的面色由青而白，他像是想來打我，但是又有兩個大漢，在那時走了進來。

剎那之間，小小的一間辦公室中，幾乎全是人。我不知道他們在搗些什麼鬼。

擠在房間中的人誰也不出聲，然後，才是一陣「托托」的腳步聲，一個人走了進來。

廣海皇帝！

丁廣海穿得十分隨便，但是他卻自有一股令人看了十分害怕的神情。我這才明白，原來那麼多人，全是保護他而來的。我心中不禁好笑，丁廣海身手不凡，這是人人皆知的，他在闖天下的時候，身經百戰，聲名大噪，又何嘗有什麼人保護過他來着？

但如今，他已爬到了最高的地位，連和我見面，都要出動那麼多人來保護。

丁廣海走進了門，那女職員立時站了起來，丁廣海就在她的椅子上坐了下來。望着我。我揚了揚手：「嗨，你好。」

丁廣海冷冷地道：「這種態度，可以使你喪生。」

我聳了聳肩：「我難道還能夠有生還的希望麼？我知道了你最不想人知道的一個大秘密。」

丁廣海道：「可以，接受我的酬勞，將翠玉帶走。」

我伸出手來：「基本上我同意，但是報酬的數目上，我們還略有爭執，是不是？」

丁廣海倏地站了起來，他比我要高半個頭，他一站了起來，手揮處，一掌便向我的面上，摑了過來！我就只怕他離得我遠，他離我遠了，我就沒有辦法對付他，他離得我近，我就有希望了。

當他一掌摑來的時候，我的頭笨拙地向旁，移了一移，「扒」地一聲響，他的巨靈之掌，已經摑中了我的左頰，我感到一陣熱辣辣的疼痛。

不出我所料，他一掌摑中了我之後，又踏前一步，反手一掌，又向我的右頰摑了過來。

我之所以可以避開他那一摑而不避開的原因，就是要他摑了一掌之後，再加上一掌，因為這時，他離得我更近了，我一抬腿，右邊的膝蓋重重地頂在丁廣海的小腹之上，他突然受了這一下撞擊，身子震了一震。

他這一震，只不過是十分之一秒的時間，但我已經夠用了。我右臂揚起，先在他手臂之上，用力地壓了下來，然後，五指已抓住了他的手腕，用力一扭。

剎那之間，他的右臂已被我扭到了背後，而他的人則被我扭得背對我，面向着門口。

丁廣海的部下，應變也算得快疾，只聽得幾聲大喝，好幾柄槍，一齊揚了起來。

但是揚了起來的手槍，在剎那之間，又一齊垂下去了！因為這時，丁廣海的身子，完全攔在我的前面，他們想要只傷害我而不傷害丁廣海，那是絕對沒有可能的一件事。

我右手抓住了丁廣海的手腕，左臂勒住了丁廣海的頭頸。丁廣海本來是出了名的好漢，我竟然這樣輕易就制服了他，連我自己也感到意外。這自然是因為他在爬到了極高的位置之後，以為沒有人再會反抗他，而不再鍛煉，鬆懈下來的緣故。

這時，情形完全變了，我已佔定了上風。

我用不着大聲嚷叫，我只是在他耳邊低聲道：「喂，怎麼樣？」

丁廣海沒有法子大聲講話，因為他的頭頸被我的手臂緊緊地勾住，他只是悶哼了一聲。

我將聲音放得更低：「這裏的幾個人，你可以輕易地將他們殺死滅口，而我則永遠不對任何人說起，那麼廣海皇帝出醜一事，就不會有人知道了。」

丁廣海含糊地道：「你……想怎樣？」

我道：「很簡單，你去吩咐親信，將那塊翠玉帶到這裏來交給我。」

丁廣海的喉間，發出了一陣怒吼，可是我的手臂一緊，他的怒吼聲便沉了下去。

我的手臂在緊了半分鐘之後，又開始放鬆，丁廣海喘着氣：「牛建才，你到我書房中去，將左邊書櫥中，那套『方輿記要』取來，快，快！」

牛建才就是那個瘦子，他呆了一呆，才道：「我……能夠到你的書房去麼？」

丁廣海的左手，在腰間解下一個玉鈕來，道：「憑這個，快去！」

瘦子牛建才接過了那玉鈕，退到了門口。

丁廣海又道：「快去快來！」

牛建才道：「是，右面書櫥的一部『方輿記要』，我知道了。」

我早就聽說過，丁廣海幼年失學，但是在「事業」有成之後，卻十分用功，所以他管理下的許多「事業」，都能夠蒸蒸日上，就是這個緣故。他要瘦子去取那部書，自然他是將那塊翠玉放在書中。

我鬆了一口氣，這塊翠玉可說已到我手了，雖然東西到手之後，還有許多事要做，但是那總可以算是我的成功。

我一直控制着丁廣海，室內的任何人都不敢動，不敢出聲，唯恐一有異動，我就對他們的首領不利。在靜默之中，時間過得十分慢，好不容易，才過了二十分鐘，瘦子牛建才仍然沒有回來。

我瞪着眼：「牛建才怎麼還沒有回來？」

丁廣海吸了一口氣：「應該快了。」

時間慢慢地過去，又過了二十分鐘，室內每一個人的臉色，都有些異樣，丁廣海怒吼着：「你們還在等什麼，還不去看看，兩個人去！」

有兩條大漢，立時走了出去，室內的氣氛更緊張了，而且在緊張的氣氛中，我還覺得有很多人想笑，但是卻又不敢笑。

他們為什麼想笑呢？為什麼會想笑呢？我略想了一想，心中一動，陡地想起，那是因為丁廣海受了欺騙，他們心目中的偶像受了欺騙，這無論如何是一件十分滑稽的事情，所以他們想笑。

丁廣海是受了什麼欺騙呢？自然人人都知道，那是瘦子牛建才在取到了那塊翠玉之後，不會再回來了，他帶着翠玉走了！

我剛想到這一點，門「砰」地一聲被推開，剛才離去的兩個大漢衝了進來。

那兩個大漢面色蒼白，一進來就叫道：「廣海——」他們原來一定想説「廣海皇帝」的，大概是他們看到了丁廣海這時候的情形不怎麼像皇帝，所以將後面「皇帝」兩個字，縮了回去。

丁廣海叫道：「怎麼樣？」

那兩個大漢道：「牛建才取走了東西，早回來了。」

丁廣海失聲叫道：「他為什麼還不來？」

那兩個大漢面上的表情十分滑稽：「或許是在半路上出毛病，撞了車了。」這兩個大漢的話，別人聽了，還因為忌憚丁廣海而不敢笑，但是我卻實在忍不住了，我哈哈大笑起來，丁廣海趁我大笑的時候，掙了開去，我陡地吃了一驚，還想去抓他。

但是我立即發現，我是不必去抓他的了，因為這時候，他要對付的不是我，而是牛建才。

他衝到了電話機面前，抓起話筒，咆哮地叫道：「接各分公司的經理，快！限三分鐘內，全部接通，絕對不准延誤。」

我提醒他：「先守住各交通要道。」

丁廣海回過頭來，叱道：「廢話，他會離開本市麼？他能帶着翠玉離開本市麼？我做不到的事情他能夠做到麼？」

我呆了一呆，丁廣海的這句話，表示這些年來，他想用各種方法將這塊翠玉運出去，而未曾成功，所以才會想到利用我來替他將這塊翠玉帶出去。然而，這究竟是難以想像的事，以丁廣海的神通廣大，他竟會運不出一塊翠玉？但事實卻又的確如此。

據我的猜想，那塊翠玉一定有十分驚人的吸引人的力量，使人一看到它，便愛不釋手，似乎有着一股超自然的魔力。所以丁廣海事實上並不是真的想將之運出去的。我更相信當地政府花那麼大的注意力在這塊翠玉上，可能是由於政府中某些有勢力的人當日曾經見過那塊翠玉，因而一直着迷的緣故。

但丁廣海的心情是十分矛盾的，他不想出售這塊翠玉，又覺得放在本市不安全，所以想要運出去，他又知道政府方面對這塊翠玉異乎尋常的注意，所以一定患得患失——像丁廣海那樣的「事業」，只能不顧一切地去做，因為這本來就是亡命之徒的事情，他一小心，當然平白放過了很多機會，這便是為什麼那塊翠玉還在他的書房中的緣故。

如今，瘦子牛建才當然不是撞了車，他將那塊翠玉帶走了，他沒有丁廣海的那種患得患失的心理，他正是一個亡命之徒，他會留在本市，不向外走麼？

我冷笑了一聲：「丁先生，事實上你不是萬能的神，你不能做到的事情，一樣可以有人做到的。」

丁廣海的面色鐵青，比被我抓住的時候更加難看，他用力敲着桌子，大聲叫道：「不能讓這小子得到這塊翡翠，這塊翡翠是我的，它一直帶給我好運，直到如今仍然是我的。」

可憐的丁廣海，這時我一點也看不出他是憑了什麼而統治着那麼龐大的一個黑社會組織的。

我又聽着他在電話中吩咐着他的手下，務必用盡一切方法，將牛建才抓回來，當他下完了命令之後，他將杜子榮召了來。

杜子榮顯然已知道一切了，他自然也知道我是怎樣對付丁廣海的，所以當他走進來的時候，向我望了一眼，那神氣就像是在看一具死屍一樣。

丁廣海一看到杜子榮，便叫道：「牛建才將那塊翠玉帶走了，是我告訴他在什麼地方，是我叫他去拿的，哈哈，哈哈！」

他笑得十分駭人，杜子榮一聲也不敢出，丁廣海道：「你去通知警方，說牛建才會將這塊翠玉帶出本市去。我從來沒有和政府合作過，但這次我需要合作，我要找回這塊翠玉來，它是我的。」

杜子榮諾諾連聲，走了出去。丁廣海倏地轉過身來望着我，他的手則在寫字枱上亂摸着，他摸到了一柄裁紙刀，緊緊地抓住了它，狠很地道：「衞斯理，一切全是因你而起的。」在那樣情形下，我也不禁駭然，我攤了攤手：「這能怪我麼？是你自己的部下不忠。」

丁廣海大叱了一聲。道：「胡說！」他陡地揚起手來，看他的樣子，是想用他手中的裁紙刀，親手將我殺死！但是當他揚起刀來的時候，他的身子，突然發起抖來，他的面色變得如此蒼白，他全身的骨頭就像軟了一樣，順着書桌的邊緣，倒了下去，看來像是滑稽片中的一個鏡頭。

稍有醫療常識的人，都可以看得出那是心臟病突發的象徵。

我疾跳了起來：「叫醫生！他就要死了！」室內的幾個人，看到了丁廣海的情形，本來已慌了手腳，再給我一叫，更立時大亂了起來，我甚至走到了丁廣海的身邊看了一看，才從容向外走去，室內的人，竟沒有注意我的離去。

我沒有回到奇玉園，而是在市區找了一家下級旅店住了下來。第二天，在全市所有的報紙上，我看到了丁廣海的死訊，報紙上有幾個著名醫生簽字的報告書，說他是死於「心臟病猝發」。沒想到像「廣海皇帝」這樣的一個人，會有着嚴重的心臟病的。我設法和杜子榮聯絡了一下，杜子榮的聲音在發抖，他若是面對着我，一定會對我跪下來，要求我不要泄漏他曾經受過丁廣海賄賂的秘密。

我答應代他保守秘密，但是卻提出了一個條件，牛建才和那塊翠玉一有了消息，就要來告訴我。這時，我已經幾乎放棄了要將這塊翠玉弄到手的願望了，但是我卻想看一看這塊在想像之中，應該有着非凡魔力的翡翠，看看它究竟吸引人到了什麼程度。杜子榮答應了我，我和他每天聯絡一次，我在那酒店中住了十二天。在這十二天中，當地政府動員了所有的力量，通過了各種國際關係，在搜捕牛建才的下落，可是卻一點消息也沒有。就像是牛建才那天，一離開了丁廣海的書房之後，就和那塊翠玉一起消失在空氣中一樣。

經過這樣的搜捕，仍然未曾發現牛建才，那牛建才當然是離開本市了，然而他到哪裏去了呢？那塊翠玉的下落如何呢？

我沒有再等下去，回去後，熊勤魚甚至未曾來看我，他的事業開始潰敗，這是有目共睹的事情，因為他派我去求「仙方」，而我卻失敗回來了。

但是，這些日子來，我一直刻意在注意着牛建才的下落，我曾經通過許多人，用了許多錢，在世界各地公開或秘密的珠寶市場中，尋求那塊翠玉的下落——即使那塊翠玉已被割碎，由於它質地之超群，和數量的巨大，來源又不明，那是絕難瞞得過人的。

但我的追求，至今未有結果，那塊翠玉和牛建才真的失蹤了，牛建才帶着那塊翠玉，離開了丁廣海的書房之後，究竟是到了什麼地方去了呢？這仍是我一有空就自己向自己提出的一個問題。

（全文完）

衛斯理小說典藏版　13

仙 境

作　　者：　衛斯理（倪匡）
責任編輯：　黎倩雲　余慧心
封面設計：　李錦興
出　　版：　明窗出版社
發　　行：　明報出版社有限公司
　　　　　　香港柴灣嘉業街18號
　　　　　　明報工業中心A座15樓
電　　話：　2595 3215
傳　　真：　2898 2646
網　　址：　https://books.mingpao.com/
電子郵箱：　mpp@mingpao.com
版　　次：　二〇二一年七月初版
I S B N：　978-988-8687-90-9
承　　印：　美雅印刷製本有限公司